DU MÊME AUTEUR

ROMANS NOIRS
Sous le regard des élégantes, La Table ronde.
La Nuit des chats bottés, La Table ronde / Poche.
Tueurs de flics, La Table ronde / Poche.
La Théorie du 1 %, La Table ronde / Poche.
Le Souffle court, La Table ronde / Poche.
Polichinelle mouillé, La Table ronde / Poche.
Au-dessus de l'arc-en-ciel, La Table ronde / Poche.
Patte de velours, La Table ronde.
Bleu de méthylène, Gallimard / Folio.
Clause de style, Gallimard / Folio.
Sniper, Fayard. (Epuisé)
Querelleur, Denoël. (Epuisé)
L'Adieu aux anges, Denoël.
Les Enfants de lune, Denoël.
Le Faiseur de nuées, NéO. (Epuisé)
Brouillard d'automne, Mazarine.
Le Loup d'écume, Albin Michel.

ROMANS
Des lendemains enchanteurs, Babel, Actes Sud.
La Manière douce, La Table ronde.
Au bord de la mer Blanche, Gallimard.
Une charrette pleine d'étoiles, Gallimard / Folio.
Un homme en harmonie, Gallimard / Folio.
Jeunes femmes rouges toujours plus belles, Messidor. (Epuisé)
Frivolités d'un siècle d'or, Julliard.

NOUVELLES
Perdre la pause, La Table ronde.
La Lorette hallucinée, La Table ronde.
Egérie légère, La Table ronde.
Le Loup par les oreilles, éditions du Rocher.
Cendres et sang, éditions du Rocher.
La Colline de cristal, NéO. (Epuisé)
La Mare du petit malheur, NéO. (Epuisé)
Speakeasy, NéO. (Epuisé)
Mort d'un lapin urbain, NéO. (Epuisé)
La Nébuleuse du nord, NéO. (Epuisé)
Mélodie bleu nuit, NéO. (Epuisé)
L'Homme de Berlin, NéO. (Epuisé)
Mélancolie pour chevau-léger, NéO. (Epuisé)
Poussière d'éternité, Messidor. (Epuisé)

ESSAI
Chronique d'une liquidation politique, La Table ronde.

SUR FRÉDÉRIC H. FAJARDIE
Frédéric H. Fajardie, par Jérôme Leroy, éditions du Rocher, 1994.

GENTIL, FATY !

Première publication :
Fayard, 1981

ISBN 978-2-7427-7606-1

FRÉDÉRIC H. FAJARDIE

GENTIL, FATY !

roman

BABEL

BABEL NOIR

"Le roman noir, parce que c'est la crise, se joue dans un état d'urgence. Il parle du monde, maintenant. Et le monde va vite. Tant pis si nous sommes fatigués."

JEAN-FRANÇOIS VILAR

TITRE PARUS

Jean-François Vilar, *C'est toujours les autres qui meurent*, n° 266.
Dagory, *Maison qui pleure*, n° 267.
Joseph Périgot, *Le Dernier des grands romantiques*, n° 275.

à Francine

I

14 novembre, 22 h 50

La plate-forme permettait une vue plongeante sur Belleville.

La jeune fille aurait pu s'arrêter un instant sous le réverbère au halo ouaté et considérer le paysage crépusculaire qui s'étendait à ses pieds.

Elle aurait pu se montrer sensible à ce champ de ruines déjà submergé par une végétation sauvage qui se frayait un chemin difficile à travers les vieux pneus, les Frigidaire hors d'usage, les matelas pourris, gonflés des pluies de novembre, et les milliers d'autres détritus abandonnés nuitamment.

De cet air de débâcle générale sous un ciel noir et sans étoiles émanait le charme particulier, cruel et tendre, des choses mi-mortes et des époques finissantes.

Un croissant de lune blafard et froid donnait à l'ensemble un relief plus réel, comme un coin enfoncé dans l'imaginaire.

Mais la jeune fille s'en moquait éperdument.

Peut-être parce qu'elle était née dans ce quartier et y avait grandi, voyant le paysage se transformer de jour en jour, sans cassures brutales.

Peut-être aussi parce qu'elle était jolie, le savait, et que ceci éclipsait tout le reste.

Elle dévala le début de la rue Vilin, bordée de part et d'autre de panneaux de béton et, obliquant à gauche, s'engouffra dans ce qui restait du passage Julien-Lacroix.

Elle aimait ces rues étroites qui semblaient plonger vers le cœur de la ville.

Elle songea à l'homme qu'elle venait de quitter. Il était encore tout proche, tant par l'odeur que par cette chaleur qu'elle ressentait au bas-ventre.

Elle accéléra l'allure, charmée par le bruit pointu et délicat – un bruit semblable à celui des bûchettes de petits écoliers – de ses talons frappant l'asphalte.

Elle atteignit le bas du passage, gagnant la zone d'ombre, là où l'écart entre les murs est le plus réduit.

Pas étonnant, songea-t-elle, que les hommes la détaillent des pieds à la tête. Pour eux, tout doit s'enchaîner : bruit des talons, fines chevilles, galbe des mollets, longues cuisses… Et tout le reste à l'avenant !

Elle sourit.

Oui, pas un homme normal ne pouvait rester indifférent.

Ce fut comme un soleil noir.

Noir, parce qu'il était vêtu de sombre et qu'en cet endroit, l'obscurité était plus épaisse.

Quant à cette idée baroque de soleil, cela venait sans doute du fait que les astres sont ronds, juste un peu plus ronds que la créature qui lui barrait le passage ou, plus exactement, qui barrait tout le passage.

Il avait surgi d'une encoignure, à moins d'un mètre devant elle, et le pas de trop qu'elle avait fait l'avait précipitée contre lui.

Et, aussitôt, elle s'était sentie repoussée en arrière.

Elle hésita une seconde entre le hurlement de terreur et le fou rire nerveux.

Oui, pas de doute, elle avait littéralement rebondi en heurtant le bonhomme Michelin.

Quelque chose d'Oliver Hardy. Un Oliver Hardy qui aurait triplé de volume.

Elle ne pouvait plus bouger.

Pourtant, elle savait – malgré ses hauts talons – pouvoir le battre à la course. Lui prendre vingt-cinq mètres sur cinquante, d'emblée, sans problème.

Parce que cette montagne de viande – elle n'avait jamais rien vu de semblable – ne pouvait à l'évidence se mouvoir : impossible, cela défiait toutes les lois naturelles.

— Faty !

Grotesque ! Une voix si fluette chez un tel mastodonte…

Un pauvre bonhomme, au fond ! Un peu farceur – ouf ! pas de très bon goût, la blague… –, mais c'était bien sa seule chance de faire naître chez les autres un sentiment qui ne fût pas d'horreur.

— Faty ! répéta-t-il de sa voix de crécelle.

Il avait avancé un bras gros comme une jambe d'éléphant et lui avait empoigné l'épaule.

Une épaule de bébé ployant sous la pogne d'un ours sibérien.

— Faty !

La voix était à présent plus aiguë, comme chargée d'une irritation sans bornes.

Elle leva les yeux mais ne vit rien d'autre qu'une face plate, un nez minuscule, d'invisibles lèvres. Et, entre des bourrelets de chair, deux petites fentes aqueuses.

"Sale regard", songea-t-elle.

Pourtant, elle n'avait rien vu puisqu'il n'y avait rien à voir. Peut-être l'avait-elle perçu avec cette lucidité étrange qui précède parfois les grandes catastrophes. Peut-être était-elle comme ces villes dont les animaux s'enfuient.

Elle se sentit étouffer lorsque l'énorme bras, serrant son petit corps, le pressa contre la montagne de viande.

Sa jupe se déchira comme du papier crépon puis une main énorme, du volume d'un jambon de pays, arracha le slip de fine dentelle.

— Gentil, Faty ! souffla la voix de crécelle tandis que veste, chemisier et soutien-gorge volaient au loin.

Elle ne fit rien pour se défendre, s'abandonnant complètement pour signifier qu'elle coopérait.

Pressée contre le mammouth au souffle court, elle ne portait plus que ses petites chaussures.

Elle avait un instant pensé ainsi s'en tirer.

Jusqu'au moment où la chose, visiblement lassée, murmura d'une petite voix exaspérée :

— Faty en a assez !

Les fentes aqueuses s'étaient agrandies.

La face plate la regardait froidement, l'air de dire : "Vous me faites perdre mon temps."

Elle sentit les deux jambons de pays se resserrer autour de sa gorge.

II

14 novembre, 23 heures

Il avait froid et la fatigue l'avait laissé comme brisé.

Il songea à Alger, au ciel rosissant, le soir, aux palmiers de l'avenue de la Révolution qu'il allait revoir – définitivement – dans si peu de temps, et il releva son col avec cette joie étrange que donnent les désagréments lorsqu'on peut en mesurer d'avance l'ampleur et la durée.

Il faisait froid, d'accord !

La petite virée nocturne, avec le trajet Clichy-Belleville à pied, après une journée de dur boulot au pressing : épuisant. Entendu !

Tout avait foiré. La fille l'avait allumé à seule fin de hurler qu'il l'importunait : pas de doute !

Et le grand type, celui au blouson, n'avait pas voulu l'entendre, se bornant à lui taper dessus comme sur un sac de sable : rien à dire, il connaissait la musique.

Une soirée foutue ? Pas vraiment, pas complètement. Il y avait eu le début, nez au vent, la chasse, les regards qui se croisent, s'accrochent-s'accrochent pas, le sillage parfumé des jeunes filles à la peau douce, l'espérance un peu folle – complètement folle ! – et puis tout le reste : les angoisses, les bandes de petits loubards qui songeaient à "s'offrir un crâne", le crissement de pneus des voitures de police, les coups de sifflet, les mains sur la tête...

Il alluma une gauloise, protégeant la flamme de l'allumette au creux de ses paumes, et aspira une longue bouffée.

Un très court et très intense instant de bonheur qui le fit se redresser.

Il la vit, tout là-haut, dévalant le passage en pente.

Ses talons frappaient le sol en rendant des sons musicaux. Mais alors une musique lancinante, sexuée.

Un gouffre.

Même de si loin, malgré les lambeaux de brouillard accrochés aux ruines, il la devina belle, fragile, féminine, et, instinctivement, sans trop savoir pourquoi, il se dissimula derrière un arbre, retrouvant là de très vieilles habitudes.

Elle semblait venir droit sur lui, sautillante, presque dansante, et il songea qu'il était temps de se montrer afin qu'elle l'apercût de loin.

Oui, c'était la seule chose à faire. Ne pas l'effrayer pour ne pas la perdre. Ne pas l'effrayer pour qu'elle ne se méprît pas.

Cette dernière pensée le retint cependant et, un instant, il imagina le long hurlement de la fille, la patrouille de police, les sirènes, les coups, sa carte de travail et ses papiers de migrant posés bien à plat sur le bureau d'un gros flic haineux.

Trop dangereux.

Non, il allait rester caché. Il allait se confondre avec l'arbre, pivoter doucement et la laisser passer.

Dès qu'elle serait sortie de la zone d'ombre, là, à moins de vingt mètres, lorsqu'elle apparaîtrait entre l'estafette et la Citroën…

Seulement… elle n'apparaissait pas !

Il aurait fallu, pour ce faire, qu'elle puisse renverser l'énorme chose qui barrait le bas du passage, et ça, Amar comprit qu'elle ne le pourrait jamais.

Amar était un homme de cinquante-deux ans, plutôt fluet, aux épaules minces et voûtées, mais il n'avait pas l'habitude de céder sa place.

Même ce soir, avec le grand type au blouson, il avait réussi à placer une droite nerveuse.

Dans ce genre d'affaire, un immigré n'a pas le droit de gagner. Amar le savait. Mais il mettait un point d'honneur à rendre au moins un coup.

Seulement, là, tout se brouillait et il ne savait plus. D'abord, il y avait la fille. Arriver en sauveur, en prince des Sables, lui, le "petit fellouze de merde", culbuter la Chose et croiser le regard de la jeune fille… Un sacré début. Surtout qu'il croyait aux contes de fées !

Bon ! Et puis les flics, bien sûr. Mais là, ils auraient du mal à le coincer, parce qu'il y a des lois, non, même si elles n'ont pas été votées pour lui et ses frangins.

Enfin, la Chose elle-même, et ça c'était...

Non, elle ne ressemblait à rien, pas même à ce cadavre gonflé, prêt à éclater, pendant la guerre, en haute Kabylie.

Restait sa lame, mais il hésita.

Le couteau, il se l'était juré mille fois, ne devait servir que pour sauver sa propre peau, et lui, pourvu qu'il reste bien planqué...

Ses yeux s'étaient habitués à l'obscurité et il distingua la blancheur du corps de la jeune fille qu'*on* déshabillait brutalement.

Pour un peu, il se serait mis à geindre, tant le tiraillement était grand.

La jeune fille à la peau blanche, pour lui, de toute façon, c'était déjà des emmerdements. Entendu. Mais ne valait-elle pas tous les emmerdements ?

Quelque chose en lui bascula, et, tout en sachant qu'il allait faire la connerie de sa vie, il ne s'attarda pas à méditer, se concentrant tout entier sur le problème technique.

Si la Chose l'attrapait entre ses pognes, qu'il devinait redoutables, il était irrémédiablement foutu.

Tout cela l'écartelait et l'évidence de ce qu'il devait faire creusa son visage d'une multitude de petites rides.

Arriver par-derrière sans un bruit, comme on approche des sentinelles somnolentes, il savait pouvoir le faire.

Piquer la Chose au bas de la colonne vertébrale, traverser la moelle épinière d'un coup sec et précis : il réussirait.

Sauf que ça le faisait se ressouvenir de certaines choses… D'un serment, après la victoire, tandis qu'on hissait le drapeau… Quelque chose de très classique, une formule du genre : "Plus jamais ça."

Dans un moment de flottement, il se retourna, prêt à se jeter en travers de la première voiture de patrouille, prêt à pleurer, à s'humilier pour que les cognes daignent le suivre.

Mais le quartier ne résonnait d'aucun bruit.

Dans un état second, il sentit la lame entre ses doigts.

Un rayon de lune s'y accrocha, parut changer la nature du métal, transformer l'acier bleuté en ce fer-blanc ridicule dont étaient faites les gamelles, au camp de prisonniers.

Il entrevit, comme en surimpression, l'avenue de la Révolution, Alger si belle dans les langueurs du soir, il se remémora le goût sucré du thé à la menthe, les conversations passionnées entre amis.

Et il s'élança.

Il avait à peine fait trois ou quatre pas qu'il comprit qu'il n'avait aucune chance, que la Chose n'était pas venue seule.

Il se mit à courir en zigzaguant, comme il l'avait fait vingt ans plus tôt pendant le passage de la frontière tunisienne.

Une fois de plus, il courait pour sa vie.

III

15 novembre, 5 heures

Il n'eut pas, à proprement parler, un haut-le-corps. Plutôt une impression de découragement, d'irrémédiable gâchis.

Il faisait plus que ses quarante-neuf ans. A cause des longues nuits de veille, des sandwiches – ce seul mot lui donnait la nausée –, des bières éventées, des cafés refroidis. A cause, aussi, des visages blafards de toute cette lie dérisoire, cette boue vacharde ou pitoyable qui défilait à longueur de jour dans son bureau.

La préfecture, ou son sublimé, avait peu à peu déteint sur lui et il s'était pris en horreur.

Horreur de son visage vieilli, creusé, émacié comme une momie.

Horreur de ses yeux injectés de sang, de ses paupières tombantes.

Horreur du tremblement qui agitait perpétuellement ses mains aux doigts nicotinisés.

Horreur de la maladie qui lui bouffait lentement les poumons.

Le commissaire principal Emmanuel Stievet se débectait en détail et en totalité.

Il reporta son regard sur le corps nu, feignant de ne pas remarquer le sourire dégueulasse du bricard qui maintenait la couverture haut levée.

Une jolie fille. Parfaite, n'étaient les yeux agrandis par l'épouvante et cet angle bizarre de la nuque brisée – pas besoin d'attendre le rapport du légiste.

— Ça va, recouvrez ! ordonna-t-il au bricard d'un ton cassant.

Il leva les yeux jusqu'à la haute plate-forme où brillait faiblement l'ampoule d'un antique réverbère. Nul besoin d'un dessin. La fille avait dû dévaler le passage sans se douter qu'en bas…

Comme les deux autres.

Ça faisait une par mois, non, pas tout à fait. La première, Kremlin-Bicêtre, le 20 septembre. La seconde, rue de l'Ouest, le 30 octobre.

Il se tourna vers l'inspecteur principal Kasbarian, un homme brun, plutôt trapu, d'une trentaine d'années, qui lui décocha un sourire sympa – peut-être un peu trop appuyé –, et Stievet prit peur : son désarroi se voyait-il tant que ça ?

— Ça va, Kas, j'ai plus besoin de toi, dit-il sèchement.

Et, tout aussitôt, il s'en voulut. Kas était plus qu'un bon flic : c'était le prototype du brave mec. Un peu paumé, marrant, et bêtement sentimental. Et puis pas compliqué, assez fin, et accrocheur comme un bouledogue anglais. Stievet – et l'autre le savait – lui avait tout enseigné, même l'indicible, et le petit Arménien avait reçu l'héritage d'une vie de flic avec tact, intelligence, sans un mot de trop.

Le principal aurait aimé faire le point, dissocier l'affaire en cours du naufrage sans grandeur qu'était devenue sa vie, mais il savait qu'il n'avait plus le ressort nécessaire pour se lancer dans les abstractions.

Il devait se contenter de peiner sur l'obstacle, d'accuser le coup et de fermer sa gueule.

Et, peut-être, de se reposer davantage sur le petit Kasbarian…

— Kas…

L'inspecteur, rendu circonspect par la rebuffade du principal, s'approcha à pas lents, l'air attentif.

— Petit, je suis fatigué.

C'était une façon de dire : "Excuse-moi pour tout à l'heure." C'était suffisant. Pour l'un comme pour l'autre.

— Ton impression ? demanda le principal.

Kasbarian se tut, fixant intensément le corps recouvert d'une couverture, puis regarda son supérieur droit dans les yeux :

— Patron, plutôt dégueulasse, mon impression ! C'est… c'est comme si on devait arriver toujours trop tard. Je sais pas comment vous dire ça…

Le principal sourit. C'était très exactement ce qu'il ressentait lui-même. Déjà, rue de l'Ouest, avec la fillette – quatorze ans – à la nuque cassée, le corps à peine enterré sous les gravats, comme si l'assassin s'en foutait, se foutait de tout…

Kasbarian reprit :

— Il y prend goût, l'ordure ! Ça fait tout juste quinze jours.

Le principal hocha la tête. Encore que… Si "l'ordure" prenait goût à quelque chose, ça ne pouvait être qu'au petit bruit des nuques brisées, parce que jusqu'à nouvel ordre, les impuissants…

Kasbarian mit un terme aux réflexions du principal :

— Patron, je réveille Teissère ?

Le principal hésita. Teissère, avec son air renfrogné, sa face de carême, sa moustache de rat pelé, ses monosyllabes : plutôt rabat-joie ! Or, vu le contexte cafardeux…

Cela dit, pas un mauvais flic.

Il l'imagina, rigide même dans le sommeil, et ressentit un accès de pitié. Teissère atteignait presque les cinquante-cinq berges – six mois de la retraite –, il était à demi pété et déraillait de plus en plus.

Et puis, lui aussi avait eu sa dose d'emmerdements. Non, pas la peine :

— Laisse-le roupiller.

Kasbarian sourit :

— Franchement, patron, hier il vous a pas donné envie de vous marrer ?

Stievet se remémora la scène et réprima un léger sourire. Il revoyait Teissère, sérieux comme un pape, interrogeant deux jeunes casseurs impliqués – à tort, ça sautait aux yeux – dans une affaire de meurtre.

Les deux jeunots, c'était la mode, se prétendaient "politiques" et, à l'évidence, se payaient Teissère avec des réponses du style : “Gardarem lou pognon” ou “Volem tout voler al païs”.

Le principal allait répondre que oui, de temps en temps, c’était bien agréable de se fendre la gueule et qu’à la crimino, ça n’était pas si souvent.

Il allait dire ça, en plus comprimé, selon son habitude, lorsque son regard accrocha la forme sous la couverture. Il songea à la chaleur du corps qui se dissipait peu à peu pour prendre sa température définitive, celle du marbre.

L’impression de spleen revint, plus forte que jamais.

Il comprit – ou il admit – qu’il avait attrapé un sacré coup de vieux.

Il comprit aussi, parfaitement, qu’il avait négligé quelque chose, quelque part.

Quelque chose d’important.

Son regard croisa celui de Kasbarian et son cœur battit plus vite – un peu trop vite – lorsque le jeune Arménien ouvrit la bouche.

Mais l’autre la referma, eut un geste las et murmura :

— Non, rien, patron.

IV

16 novembre, 8 h 40

Il rangea son mètre à enrouleur, se dirigea vers la R 16 noire banalisée et s'empara du radiotéléphone :

— Patron ? Teissère à l'appareil. Patron, deux impacts de 7,65 dans un des marronniers. Distance : 6 centimètres l'un de l'autre. Hauteur : 1,78 mètre et 1,82 mètre. Il semble qu'on visait la tête. Bien groupées, les balles. Rien d'autre, patron.

— Les riverains ?

— Des bougnoules, patron. Une chienne y retrouverait pas ses chiots. Tous pareils. Rien vu, rien entendu. J'en fais embarquer trois : situation irrégulière.

Le principal raccrocha sans un mot et se tourna vers Kasbarian :

— Ça le reprend, les Nord d'Af…

L'Arménien ne répondit pas. "On est toujours le bougnoule de quelqu'un", songea-t-il. Lui-même… Non, il n'aimait décidément pas Teissère, et ça allait même *crescendo*.

Le principal marqua un temps. Il savait ce qui, en ce moment, défilait dans la tête de Kasbarian. Il le déplorait. A la vérité, ce qu'il déplorait le plus, c'était cet antagonisme permanent entre ses deux adjoints, et le mauvais esprit qui en découlait.

— Kas..., commença-t-il.

Kasbarian eut son geste habituel, comme s'il chassait une mouche par-devant son visage :

— Je sais, patron, racisme et connerie sont les deux fesses d'un même cul. Très belle formule, mais vous allez l'user. Puis, comme pour couper court : Et que vous a-t-il dit d'autre ?

Le principal, forçant un peu la note, répondit d'un ton enjoué :

— Il a tiré. Ton "ordure" a tiré.

Incrédule, l'inspecteur demanda :

— Sur qui ?

— Un marronnier. Mais probable qu'il visait autre chose. Petit, ton sadique a été dérangé.

— Ça veut dire qu'il a été vu...

Le principal sourit en hochant la tête. Ça ne disait pas qui, mais c'était bien agréable de penser que, quelque part dans cette grande ville pourrie, il y avait un type qui avait vu la bobine du tueur.

A tout hasard, Kasbarian envisagea le pire :

— Il est peut-être blessé. Je veux dire : le témoin...

— J'y ai pensé, sans l'exclure. Et j'ai pensé à autre chose aussi. Peut-être que le gars ne veut pas se faire connaître. Tout le monde fuit les emmerdements. Le civisme s'est fait la valoche en quarante avec l'arrivée des touristes en costard vert-de-gris… Notre témoin peut être n'importe quel bon bourgeois. Pourtant, vu le quartier, il y a plus vraisemblable.

— Un immigré ?

Le principal eut un petit geste d'assentiment :

— J'ai donné un coup de fil à l'Urbanisme : tout le coin saute. Enfin, tout ce qui n'a pas déjà sauté. Dans ces cas-là, histoire de bien presser le citron jusqu'aux pépins, les proprios louent jusqu'au tout dernier moment, jusqu'à l'arrivée des pelleteuses et des bulls. Ils affectionnent une population pas trop délicate, pas regardante sur les cloportes, les cafards et autres miasmes merdiques, les chiottes bouchées, la tuyauterie qui se fait la malle, les immondices dans tous les coins. Des gars pas trop fondés à se plaindre, bien contents de leurs deux mètres carrés de cloaque.

Kasbarian eut une moue sceptique :

— Ça va pas être facile. Surtout qu'avec Teissère dans le coin, on va pas être hyperpopulaires…

Le principal, déjà fatigué – il n'était que 9 heures –, presque à bout de souffle, comme si sa journée, à peine commencée, était tout entière derrière lui, répondit d'un ton las :

— Qu'est-ce que ça changera ? Allez, oublie-le.

— Comment l'oublier, patron ? Au firmament des cons, il brille d'un éclat si particulier…

Le principal ne sourit pas.

Eh bien, voilà, ça y était : il était viré !

Il avait vu juste en pensant que cette fille lui vaudrait une montagne d'emmerdements.

D'abord, la nuit blanche : pas possible de fermer l'œil.

Et puis, au pressing, il avait fait connerie sur connerie jusqu'à ce que le gérant lui dise avec un mauvais sourire :

— Ti viré, mon z'ami !

D'accord-d'accord. Pas faire d'histoire. Prendre l'air con, serrer les fesses et dire d'une voix soumise :

— M'sieu, j'li pas fi s'pris !

— Ti viré quand même.

Et maintenant, il ne savait plus quoi faire.

Manque d'habitude. L'après-midi, c'est fait pour travailler : qu'est-ce qu'on peut bien faire d'autre ? Est-ce qu'on peut, par exemple, s'acheter un journal, rentrer dans le premier trocson venu et s'installer à la terrasse ?

Ses pieds répondirent pour lui et il se retrouva bientôt devant un café crème.

Il aurait aimé profiter du côté exceptionnel de la situation, vivre chaque seconde de liberté avec l'intensité béate de ces types, là-bas, couchés sur le dos, le ventre ouvert, fixant le ciel de haute Kabylie…

Mais il y avait le titre du journal, un titre énorme qui semblait le tirer en arrière vers cette nuit noire, brumeuse, opaque comme un mauvais rêve.

Il regarda d'abord la photo de la fille.

Elle était bien tout ce qu'il pensait qu'elle était. Et peut-être même davantage encore, avec ce sourire un peu frêle qui lui donnait l'air d'une petite poupée.

Une petite poupée brisée, abandonnée sur un tas d'ordures.

Il savait qu'il devait se méfier de lui-même, qu'il avait tendance à magnifier, qu'une hypothèse, chez lui, avait vite fait de devenir une certitude, dès lors qu'il avait remué l'idée deux ou trois fois.

Mais l'idée lui plaisait. Le côté fatal de l'idée. L'*inch' Allah*. Le *mektoub*.

Il avala son crème sans quitter la photo des yeux.

Sûr, tout aurait marché. Il lui aurait souri et ce serait parti.

Sans la Chose…

Il lut le nom de la fille et le répéta, le psalmodia presque :

— Christiane !…

Il ne rentrait plus en Algérie.

21 heures

Hésitants, les deux hommes ne le quittaient pas des yeux. Enfin, le plus vieux dit d'une voix conciliante, étonnamment douce, avec ce ton qu'on adopte pour s'adresser à de tout jeunes enfants :

— Ce n'est pas possible, Faty, pas tous les soirs !

La masse de chair leva son pied de quelques centimètres et le laissa retomber lourdement sur le plancher.

Dans le vaisselier, les assiettes semblèrent frémir. Toutes les menues choses furent un instant secouées, comme dans ces maisonnettes de gardes-barrières lors du passage d'un rapide.

— Faty veut !

Le plus jeune, celui qui avait vingt-sept ans, promena un regard anxieux de son père à son frère, et, sur un registre très bas, murmura à l'adresse de celui-ci :

— Faty, laisse-nous une semaine pour préparer ça, papa et moi. Sois gentil, mon Faty !

Le monstre releva sa face plate, comme s'il se sentait soudain en terrain de connaissance, et dit d'une petite voix pointue, capricieuse :

— Gentil, Faty.

Les deux hommes échangèrent un regard soulagé.

V

17 novembre

Le commissaire principal Stievet toussa, observa sa cigarette d'un air agacé, faillit l'éteindre, mais se ravisa au dernier moment.

Il était sûr de finir l'année, les toubibs le lui avaient juré. Après, bien sûr, il faudrait aviser. Il s'imaginait mal étouffant, les poumons KO, dans l'aile isolée d'un hôpital. Il savait tout du mal qui le rongeait et il comptait le baiser en se faisant sauter la caisse. Cette personnification de la maladie le séduisait : moyen de l'humaniser. La camarde, cette conne, avec sa faux, ses haillons et ses os… Et si la salope croisait, pur hasard, une bande de clébards affamés ?

L'idée le fit sourire. Il s'imaginait la mort hurlant impérative : "Je suis la Mort, bande de cons ! Du respect !" Et la bande de rantanplans faméliques ne l'écoutant même pas, fauchant qui un tibia, qui un humérus.

— Eclatement d'un concept ! murmura le commissaire principal, les yeux dans le vague.

Le crépitement de machine à écrire cessa et Teissère releva la tête :

— Pardon ?

— Continue ! répondit Stievet.

“Continue !” Dans ce contexte morbide, le mot avait un petit air de provocation. Se sentant perdre du terrain et s’attendrir, le commissaire fixa Teissère.

“Heureux les cons !” songea-t-il. Ce mec encaisse tout, stoïque. Aucune révolte contre l’absurdité de la vie. Pas la moindre velléité. Pourtant, il avait eu son paquet ! Faute grave, avancement bloqué, mort de sa femme : juste un début !

Le principal jeta un rapide coup d’œil à Teissère, s’assit sur le bureau de Kasbarian et entreprit de griffonner une goélette.

Peu à peu, le dessin prit forme. Les voiles gonflées, le navire semblait pressé de foutre le camp. Loin de ce burlingue miteux. Loin de l’hiver. Loin des meurtres. Loin de la ville sale, pourrie jusqu’à la moelle. Loin de cette vie qui se terminait de façon si extraordinairement banale.

Au fond, qu’avait-il de mieux que Teissère ? Lorsque la femme de celui-ci était morte, vingt ans plus tôt, il s’était étonné – presque scandalisé – de voir son adjoint rappliquer une semaine plus tard, l’air presque indifférent dans son costume anthracite.

Ce soir-là, le principal – à l’époque commissaire stagiaire – avait acheté des fleurs, deux flacons de Nina Ricci, et couru ventre à terre jusqu’à chez lui.

Monique avait ouvert : le rosissement du teint, les petites fossettes et cette façon si tendre de lui faire les gros yeux…

Stievet sentit une boule dans sa gorge. Tout lui revenait, jusqu'au grain de la peau, jusqu'au ciel – sombre, violet, lourd –, jusqu'à cette vieille rengaine de Sinatra : *Stormy Weather*… Le regard fixe, il tâtonna jusqu'à son paquet de cigarettes.

Huit ans ! Huit interminables années qu'elle était morte, l'abandonnant comme un enfant perdu dans ce monde dégueulasse où il n'avait même plus sa place.

Huit ans ! Et lui aussi, une semaine plus tard, en costume sombre…

De ce jour, il avait regardé Teissère différemment. Rien à voir avec une quelconque – et artificielle – solidarité entre veufs. De toute façon, lui-même n'avait pas d'enfant, ce qui n'était pas le cas de son adjoint.

Aucun jeunot – et tant mieux pour eux – ne pouvait comprendre. Il avait été scandalisé de voir Teissère rappliquer. De voir Teissère survivre. Seulement voilà, les petits gars, c'est plus compliqué. S'agit pas seulement d'être là pour fleurir la tombe à la Toussaint, comme un con, en se disant : Je peux pas la laisser comme ça, toute seule, alors que les tombes d'à côté… S'agit pas seulement d'avoir renoncé à tout, vivant de boîtes de conserve, montant avec une pute de loin en loin et de plus loin encore…

Fallait être là pour témoigner devant la vie. Parce que tant qu'il était là, Monique y était aussi. Tant qu'il respirait. De plus en plus difficilement, d'accord, mais encore un peu.

Sur le flanc du navire sans nom, il calligraphia soigneusement un mot et s'apprêtait à déchirer le papier lorsque le téléphone sonna dans son bureau voisin.

— Ti li vriment gommissère Stifi ?

Le principal se tut quelques secondes pour donner du relief à sa réponse ; pour que le type, dans le taxiphone, ne se disperse pas.

— Commissaire principal Stievet, répéta-t-il d'une voix sèche.

Un long silence.

Laisse aller, pensa Stievet. Donne du fil. Il mord doucement. L'hameçon en pleine gueule. Doux, tout doux.

— J'iti là, m'sieu.

Doux…

— Je ne comprends pas.

Silence.

— M'sieu… Christiane… La fille, il i mourt ! Bill'ville !

Fais semblant d'émerger. Comme un sous-marin. La proue qui surgit, ruisselante, le sillage d'écume. Tu te rappelles ta folie, tes six mois dans la marine marchande quand tu étais adolescent ? Tu respirais du bon air à l'époque, pas vrai Ducon ?

— Le meurtre du passage Julien-Lacroix ?

Rassure-le. Statue immédiatement sur son cas. Un truc définitif :

— Vous avez été *témoin* ?

Témoin. Faudrait un téléphone électronique, un gadget de musique moderne, des trucs qui réverbèrent un écho infini, *decrescendo* : TÉMOIN, TÉMOIN, témoin…

Tu dis rien ? Quitte pas, bonhomme ! T'affole pas ! Gamberge ! Doux, tout doux. T'as compris ta situation ? Répète dans ta tête : TÉ-MOIN. Là ! T'es fixé sur ton sort. Embraye !

Tu dis rien ? Ecoute, je suis pas Teissère. J'ai jamais traqué de Nord d'Af, alors me fais pas ça !

Vas-y ! Allez, p'tit père ! Dis voir, t'es plus tout jeune, non ? Tu parles comme la vieille école.

Allez, doux, tout doux.

— Ji li vou ! Ji li vou, m'sieu !

Moi, je suis censé digérer ça. Allez, on voit grand : cinq bonnes secondes.

Et remettre doucement la gomme en repartant de plus loin. Répète-lui encore ce qu'il est pour toi :

— Témoin ? Vous avez été témoin du meurtre ?

Parle ! Raccroche pas, mon fellouze. Le drapeau du FLN sur Notre-Dame si tu t'accroches bien. Vas-y, en première.

Doux, tout doux !

— M'sieu… il i grou. Tri grou ! Jami ti vois di grou comme ça, jami !

Toi, commissaire de mes couilles, calmos. *Take it easy*, comme disaient les Amerloques à la Libération.

Tu te souviens de ces grands mecs souriants émergeant de leurs *command cars* et distribuant chewing-gums et plaquettes de chocolat ?

— Un homme très gros ?

Pas mal ça ! Ce que ton fellouze a vu des flics : de gros rougeauds pas très futés. Même… Même, tu devrais pas avoir compris :

— Très gros… l'assassin ?

— Li pas grou vriment…

Là, ça a jailli. Allez, *go* !

— Li… un monstre. Di cents kilous !

Deux cents kilos ! Non, il charrie. Modère :

— C'est beaucoup…

— Avant, jami ji vou si grou !

Bordel, qu'est-ce que c'est que ce brouhaha de merde ? Qu'est-ce qui se passe, nom de Dieu !

— Y a li patron y gougne à la cabine. Ji ti rabil une aut' fois.

— Non !

Le "clic !" de l'appareil raccroché brusquement lui perça les tympans.

Dans la pièce voisine, Kasbarian contempla la fine goélette.

Le patron aurait pu faire carrière. Avec quelques simples traits, il donnait le maximum.

Il regarda plus attentivement et lut le nom du navire.

Et ça lui fit l'effet d'une douche froide, éveillant en lui une multitude de petits détails à l'époque sans importance.

Il eut dans la bouche un goût amer et lâcha complètement le frein. Ouais, lâcher le frein. Lui montrer à quel point il comptait.

Peut-être… Peut-être ne plus l'appeler “patron” ? Trouver un truc.

Il relut le nom du navire. Un mot à la mode : *Cancer*.

VI

20 novembre

Stievet s'était accordé cinq jours. Cinq jours qui prenaient fin aujourd'hui.

Cinq jours pour du beurre.

Ça tenait plutôt de la mise au point. Un peu comme une de ces machines agricoles dont on sait d'avance que, pendant un certain temps, elle coûtera plus qu'elle ne rapportera.

Une sorte d'investissement à long terme.

L'avance empruntait deux axes qui relevaient de la pure routine.

En premier lieu, des investigations du côté des migrants. Mais léger. Surtout, surtout pas de grands branle-bas de combat, cors et hautbois, mégaphones et gendarmes mobiles.

Une avance plutôt timide, des prises de contact, un petit "bonjour" en passant aux dealers et indics maghrébins, histoire de les brancher sur un type de quarante à soixante ans – Stievet le sentait comme ça – habitant ou fréquentant le quartier des environs de la rue de Belleville.

Un type ordinaire, peut-être un peu plus nerveux que d'habitude.

Ça, c'était le boulot de Kasbarian.

Le second axe passait par les Archives, le sommier, et empruntait deux voies précises et indissociables.

Il fallait repérer les gros, les gras. Pas les balèzes, plutôt le genre bouddha, poussah et autres divinités orientales celluliteuses.

Mais, dans un premier temps – on affinerait plus tard –, pas n'importe quel gros. Uniquement des gars "tombés de la pointe", c'est-à-dire viols – filles et garçonnets –, affaires de mœurs…

Ça, c'était le travail de Teissère.

En outre, les harengs étaient gentiment sollicités, histoire de savoir si par hasard une fille n'avait pas eu des problèmes, récemment, avec un client un peu plus épais que la normale des grassouillets.

Coopération assurée, jamais de problèmes de ce côté-là.

Assis dans son fauteuil, les pieds sur son bureau à peine encombré de quelques papiers et de l'interphone, les mains derrière la nuque, le commissaire Stievet réfléchissait.

Il pensa tout d'abord à l'immigré du taxiphone. Il l'imaginait crevant de trouille, quelque part dans un taudis de Belleville, sursautant au moindre miaulement de chat.

Marrant comme les chats reprennent vite possession des espaces abandonnés, songea-t-il.

“Ji ti rabil une aut' fois”, qu'il avait dit. Le con !

Stievet décida de le chasser de son esprit. Il essaya. En vain.

Et puis il se leva, très raide, comme tétanisé, et, chancelant, s'appuya sur son bureau.

Une douleur abominable venait de lui percer le dos. Le souffle court, il chercha l'air et, n'en trouvant pas, faillit se mettre à hurler.

D'une main tremblante, il ouvrit le premier tiroir de son bureau, sortit une bouteille d'eau de Cologne, en aspergea précipitamment son mouchoir et le porta à ses narines.

Ça allait mieux.

Il était presque fier. Il avait trouvé tout seul. En dilettante. Peut-être qu'il devrait écrire à l'Académie des sciences ? Ou à la faculté de médecine ? Expliquer que l'eau de Cologne, pour ce genre de maladie dans sa phase ultime, ce n'était pas si mal.

Il alluma une cigarette en ricanant.

C'était quoi, leur slogan ? “Sans poumons, prenez ce qui reste de vie comme ça vient” ? Quelque chose comme ça, non ?

N'empêche, les douleurs dans le dos, si vives, c'était nouveau.

Comme l'asphyxie.

Le téléphone bouscula ses pensées :

— Patron ? Kas ! Je suis en bas. Je peux monter ?

— Ouais.

Stievet respira un grand coup, ouvrit la fenêtre et précipita le contenu du cendrier dans une grande enveloppe de papier kraft qu'il jeta à la corbeille.

Il ignorait comment Kas l'avait appris, mais il était sûr que le petit Arménien savait.

Et ç'avait été un des grands moments de sa vie.

Le "môme" l'observait chaque fois qu'il imaginait que le patron regardait ailleurs. Sans s'en rendre compte – quelle maladresse, môme ! –, son adjoint le couvait littéralement, lui ouvrait les portières, sprintait pour lui éviter le moindre geste, la moindre course.

Il lui souriait à tout bout de champ – ça va faire jaser, môme ! –, disait que la vie était belle, qu'elle valait la peine qu'on s'accroche.

Des propos comme ça, "en l'air", la gueule enfarinée… Tu parles !

Et hier, affectant un air lointain, détaché : "Patron, on devrait arrêter de fumer. Ensemble, on a plus de chances."

Ah, petit, tu m'as gâté ! Pourri ! Mais tu gâches tout. J'allais partir tout doucement, pour la nouvelle année, sans problèmes, une balle dans le canon et le canon dans la bouche.

Et voilà que tu surgis avec ton amitié. T'es pas dingue, non ? T'as vu où on vit ? A quelle époque ?

Petit, maintenant je vais me faire du souci pour toi. C'est pas chic !

— Ça va, patron ?

— Mais bien sûr que ça va ! répondit vivement Stievet. Puis, aussitôt radouci : Tu en es, ce soir.

— J'espère bien, patron.

Kasbarian hésita. Peut-être pouvait-il proposer au patron de rentrer chez lui ? Il se sentait tout à fait capable de faire le boulot tout seul. Pas compliqué : aller d'une souricière à l'autre. Mais s'il en faisait trop…

— On a de très gros effectifs, dit Stievet.

Son plan lui sembla tenir debout. Il avait laissé passer cinq jours, sûr que le tueur ne bougerait pas si vite.

Puis, pendant les dix jours à venir, le forcing au finish : quadrillage des zones en rénovation, chantiers, taudis… Lâcher d'auxiliaires féminines étroitement surveillées…

Il appuya sur un des boutons de l'interphone :

— Patron ?

— Amène-toi.

Teissère entra dans le bureau avec une dignité un peu ostentatoire, comme à son habitude.

Sa moustache pelée lui donnait l'air d'un rat – un vieux rat malmené par la vie –, mais, après s'être fait cette remarque à plusieurs milliers de reprises, ni Stievet ni Kasbarian n'y songeaient plus.

— Tess, tu vérifies le quadrillage dans les détails. Si un truc cloche, tu rappliques immédiatement.

— Immédiatement ! surenchérit Kasbarian d'un air goguenard.

Teissère le regarda longuement et répondit :

— Eh ben quoi, l'armée turque t'a pas encore coupé la tête ?

L'Arménien changea de couleur et s'avança sur son collègue. En cet instant, rien au monde n'aurait pu le retenir. Rien, sauf…

— Kas !

Il se tourna vers le principal, eut un pincement au cœur en constatant – une fois de plus, mais plus encore cette fois-ci – son état de délabrement, et s'immobilisa.

Teissère était déjà sorti du bureau.

VII

1er décembre, 20 h 15

Tout lui foirait entre les mains, comme pour mieux s'accorder à cet air de décomposition que prenait sa vie.

Stievet n'insista pas :

— Entendu, monsieur le divisionnaire.

Et il raccrocha.

Les dix jours s'étaient écoulés sans rien donner et le dispositif – coûteux – était levé.

L'immigré ne s'était pas manifesté "directement", à se demander s'il ne s'agissait pas d'un rêve. Peut-être qu'à cette heure le type était monté dans un de ces avions bondés et, maintenant, bouffait son méchoui, bien tranquille, dans quelque quartier d'Alger ou d'Oran. A moins qu'il ne soit marocain, tunisien ou mauritanien…

Même les trois cent mille tantes de l'Afrikakorps n'auraient pu quadriller un secteur si vaste.

Teissère avait bien fait son boulot, comme d'habitude, parce que c'était un bon flic.

Bon boulot tout à fait inutile. Un défilé de gros dégueulasses : des violeurs, des pédés, des exhibos, des maniaques, des mangeurs de croûtons – les “soupeurs” –, des sodomiseurs de clébards, des mecs qui se prenaient pour Jack l'Eventreur, d'autres qui se disaient biches, gazelles, papillons : et pourquoi pas musaraignes ou rats musqués ? Tous plus de cent kilos. Impossible de se mouvoir dans les couloirs lorsque deux de ces types se croisaient. Un calvaire ! Certains jouaient même à touche-pipi avec des grâces enfantines…

Mais rien, au fond, que de gentillet. L'immigré avait parlé d'un monstre de deux cents kilos, un truc “jami vou”.

Les indics prenaient un air embarrassé, les macs et les putes hochaient négativement la tête, les commissariats de quartier “regrettaient, mais rien de ce genre”…

La seule percée dans cette grisaille – oh, juste un filet de lumière ! –, il pouvait se l'attribuer.

Le truc archiclassique : à tout hasard, envoyer Kasbarian à la morgue le jour de l'inhumation de la fille…

Ouais, pas trop mal joué !

L'Arménien s'était planqué talentueusement. Habile, terne, couleur de muraille comme seuls quelques grands flics savent le faire.

Et il avait rapidement repéré le type qui tournicotait autour du sinistre bâtiment.

Alors, il se l'était photographié. Mentalement, parce que le photographe de la préfecture, à trente mètres de là, ne pouvait pas voir ses signes, vu qu'il mitraillait – quel sale con ! – un groupe de touristes allemandes.

Kas avait rompu et s'était lancé seul.

Ça avait pris des allures de gageure, un peu comme un flic filant un autre flic. Le type était très "souple", très mobile, et toutes les trente secondes, son regard balayait l'horizon à trois cent soixante degrés, comme un phare.

Le regard du type l'accrocha une fois, deux fois, puis se fixa longuement, presque une minute, tandis que Kasbarian se concentrait sur les caractères de son canard avec une telle intensité que les lignes se mettaient à danser le quadrille.

Dès qu'il sentit un vide, l'Arménien leva les yeux.

Et ne vit plus rien. Rien qu'une petite silhouette qui s'enfuyait ventre à terre.

Alors il se mit à cavaler en maudissant les écoles de cadres du FLN qui avaient dispensé un si bon enseignement à leurs élèves.

Il gagnait du terrain mais il n'y croyait plus.

Il pensa la chose encore possible en gravissant les marches du métro, mais la rame était déjà là, portes fermées, juste comme il débouchait sur le quai.

Kasbarian frappa. A coups de poing. A coups de pied.

Le type était là, à quelques centimètres, juste derrière la vitre, et le regardait.

Même pas goguenard, plutôt compatissant. Kasbarian s'attendait presque à le voir hocher la tête d'un air navré, murmurant : Oui, je sais, je suis désolé, mais c'est la vie, non ?

Kasbarian en riait aujourd'hui lorsqu'il songeait à ce qui lui passa par la tête à cet instant précis. Peut-être à cause de l'air résigné du type ? Un vieux proverbe arabe, un truc qui disait à peu de chose près : "Assieds-toi au bord de l'oued et regarde passer le cadavre de ton ennemi."

La rame se mit en branle, une petite secousse, une autre…

Le gars le regardait toujours, impassible. Un Maghrébin, d'environ cinquante ans, le visage osseux, une cicatrice irrégulière, franchement sale, sur la joue gauche, comme si le mec s'était amusé à se nettoyer la joue avec un gant de toilette en fil de fer barbelé.

Kas faillit hurler, mais aucun son ne sortit. Le proverbe lui était revenu : "Assieds-toi au bord de l'oued et regarde passer le cadavre de ton ennemi."

Et Kasbarian éclata de rire. Un rire fou, comme il n'en avait jamais eu.

Il hoqueta :

— Oh oui ! Au bord de l'oued… Tu peux pas le manquer ! Quatre cents livres !!! Tu le reconnaîtras forcément ! Son gros bide au fil du courant… T'y plantes ton drapeau…

Le Maghrébin fronça les sourcils. Il n'avait pu entendre. Alors ?

Peut-être qu'il s'était attendu à tout, sauf à ça.

Maintenant, il était franchement inquiet.

La nuit noire, tombée tôt, semblait s'être fait doubler par la neige dont les gros flocons tourbillonnaient avant de chuter sur le bitume humide et froid.

"Le noir et le blanc. Vieil archétype !" songea le principal, les mains dans les poches, debout face à la fenêtre.

Moralement, il se sentait faible. Il aurait aimé raconter à quelqu'un que lui aussi, avant d'être un vieux flic, avait été un petit garçon qui se roulait dans la neige.

Seulement, il n'y avait personne.

Il resta ainsi encore un long moment, jusqu'à ce que la porte s'ouvre doucement.

L'Arménien s'approcha et lui tendit une boîte de havanes en disant très vite :

— Vous devriez essayer ça, patron, c'est un truc de nabab. Sauf que faut pas avaler la fumée, ça se fait pas.

Stievet hésita. Pousser une gueulante tonitruante et foutre la boîte par la fenêtre ? Ou comprendre, s'avouer que c'était comme ça, une relation bizarre, l'alchimie du vécu : il n'avait pas de fils et Kasbarian pas de père.

Tu parles d'un père, môme ! Avant un mois, tu seras de nouveau orphelin, pensa-t-il. Mais il dit tout autre chose :

— Merci, petit. Heu… Ben, c'est gentil.

Merde ! Tu peux pas t'empêcher d'être sec, hein ? Même quand t'es tendre comme une midinette.

— De rien, patron !

“Fous le camp, Kas, va-t’en, va voir les gens de ton âge, tes potes, ta petite môme, est-ce que je sais ? Laisse-moi tout seul, comme un vieux con que je suis.”

Kasbarian dansa d’un pied sur l’autre, sourit, s’éloigna, se retourna, ouvrit la bouche, se retourna, cligna des paupières, fit un pas, un autre, s’arrêta net, se retourna d’un bloc et dit quelque chose, si vite que Stievet n’en saisit pas un mot :

— Tu dis, petit ?

L’Arménien le fixa droit dans les yeux :

— Je disais, patron, que je vous invite à dîner, maintenant, si vous avez rien de mieux à faire.

Le principal se retourna vers la fenêtre pour cacher l’émotion qui le submergeait. Puis, d’une voix qu’il souhaitait neutre, légèrement amicale – mais qui sonna comme un commandement dans une cour de caserne –, il répondit :

— Bien sûr que j’ai rien de mieux à faire !

VIII

1er décembre, 23 h 10

Elle se mit à gueuler une fois de plus, la cinquantième au moins, depuis la contre-allée de l'avenue Foch :

— Fumiers ! Tantouzes ! Cocus !

Elle trouvait ça chiant et désagréable. Et elle s'en voulait. Une estafette minable, bouffée par la rouille : elle aurait dû se méfier avant de grimper, mais le mec au volant avait l'air d'un brave con, la cinquantaine, pas méchant, pépère :

— Vieux con ! Pédé ! Bande de pédés !

— Ta gueule, la pipeuse ! répondit une voix jeune.

Ah ! ouais, le numéro 2, celui qui se planquait derrière le siège et qui lui avait appuyé un calibre contre la nuque. La tante !

Propret, le fils de son papa, la même gueule d'hypocrite, indéchiffrable. Quelle conne j'ai été, pensa-t-elle, en voyant la neige, j'aurais dû rentrer !

Ça faisait un petit bout de temps que la balade durait et elle commençait à s'inquiéter. Au début, elle s'était imaginé deux paumés, père et fils. Pas une question de blé parce qu'une pipe, vraiment, c'est un prix quasi démocratique, vu la nature et la qualité du service.

Alors ? Plutôt des compliqués, des pervers, des mecs à problèmes. Ouais, sûr, un truc comme ça :

— Où vous m'emmenez, bande de pédés ?

Elle imaginait ça dans leur pavillon. Et elle se sentit rassurée. Des mecs ayant pignon sur rue. Un genre camelots, Fruits & Primeurs, sûrement.

Juste une sale nuit avec ces deux cons. Et encore, si ça va pas trop loin ! Parce que, si ça se trouve, ils vont vouloir baiser dans un cercueil ou sur une balancelle. A moins que ce ne soit dans une lessiveuse ou au sommet d'un gazogène. Ou, comme l'autre tordu de substitut, peut-être qu'ils vont lui saigner un pigeon juste au-dessus des doudounes en répétant : "Le maximum de la peine !" Franchement dégueulasse, ça ! Elle se dit qu'elle aurait peut-être mieux fait de continuer à tapiner à Nemours…

Tout imaginer en noir, c'était quand même excessif. Peut-être que c'était du genre inoffensif ? Peut-être qu'ils allaient se mettre à quatre pattes et, aboyant comme des clébards, venir réclamer le su-sucre planqué au bon endroit ?

— Allez, je vous fais votre petite affaire à tous les deux, le papa et le fiston, maintenant. Après, vous me relâchez et on n'en parle plus, d'accord ?

Qu'est-ce qu'elle avait dit, nom de Dieu ? Pourquoi qu'il se levait comme un fou, le fils ?

Elle le voyait presque distinctement à cause de la réverbération de l'éclairage public sur la neige qui recouvrait tout.

Il lui balança son poing sur la bouche et elle sentit une dent se briser en même temps que le goût dégueulasse et indéfinissable du sang…

Le type avait l'air ravagé, complètement ravagé avec ses lèvres qui tremblaient de colère, retroussées sur des dents très serrées, et surtout ce regard fixe : des yeux de dingue.

Elle se tut.

Elle se sentait un peu au-delà de la peur, dans la situation du lapin fasciné par le serpent.

Et le type qui la regardait toujours avec un air de dégoût infini, comme si elle était la dernière des salopes, une vieille, très vieille pute édentée, alors qu'elle n'avait pas trente ans et que, certains soirs, ils se bousculaient tellement pour la tringler – elle, et pas une autre – qu'elle n'avait pas le temps de griller une cigarette entre deux michetons.

— Ecoute, salope ! T'es exactement tout ce que j'abomine. T'es de la viande avariée. Tu comptes pas plus qu'une grosse punaise, ta sœur en pompage. Et tu vas crever ce soir. Tu serais crevée de toute façon, mais pour ce que t'as dit, on va faire ça très très très bien.

Elle le vit sortir une matraque télescopique, la même que Georges quand il allait troubler les meetings des partis de gauche. Georges. Son Georges.

Ce fut sa dernière pensée.

Les flocons semblaient comme aspirés par le faisceau jaune des phares.

Lorsqu'elle émergea, le hangar lui sembla immense. Peut-être parce qu'il était vide.

Un seul tube néon fonctionnait – celui, précisément, qui était au-dessus de sa tête – et encore, avec force baisses de tension et clignotements.

Elle était menottée, par le poignet droit, à un tuyau d'acier qui grimpait vers la verrière.

Elle resta quelques minutes à grelotter et constata qu'ils ne lui avaient pas laissé grand-chose : bottes, bas, culotte, porte-jarretelles, soutien-gorge et minicombinaison.

Elle se palpa de la main gauche pour vérifier s'ils l'avaient “touchée”.

Rien.

En un sens, elle en fut plutôt inquiète, se remémorant les paroles de l'autre dingue.

Mais peut-être avaient-ils laissé tomber ?

Dans ce cas, mieux vaudrait se mettre à appeler, à gueuler à pleins poumons avant de crever de froid.

Normalement, pensa-t-elle, ce genre d'endroit est plein de vigiles, à cause des petits casseurs.

Sauf qu'ici, il n'y avait rien à chourer.

Un instant découragée, elle songea aux flics. Oui, bien sûr, une ronde, une patrouille, n'importe quoi ! D'ailleurs, ces dernières nuits, c'était noir de flics, même que Georges en parlait…

Sauf que ce soir, bizarre, il n'y en avait plus un seul.

Justement ce soir…

Tous ces flics, au fait… Elle se sentit chanceler en pensant au tueur de femmes, puis se rappela qu'il était, paraît-il, énorme, et eux, braves mecs, plutôt minces : presque svelte, le jeune !

Et puis, cocotte, c'est dans les chantiers, les ruines, pas les hangars ! Ça n'a rien à voir, les hangars ! D'ailleurs…

Elle entendit le bruit d'une porte de métal, très loin, et tendit l'oreille.

Rien.

Elle tenta de percer l'obscurité, tout là-bas…

Rien.

Cela lui parvint tout doucement, et sans doute le perçut-elle parce qu'elle était hypertendue, tous les sens en alerte.

Quelque chose comme un raclement de pantoufles.

Un long espace entre chaque pas, comme un vieillard à demi paralysé.

Ensuite, elle crut voir quelque chose mais dut se frotter les yeux.

Elle pensa à un animal, quelque chose comme un éléphanteau.

Alors elle ferma les paupières et tenta de ne plus entendre le bruit des pas.

Des pas pesants, laborieux.

Et elle se mit à pleurer à gros sanglots, retrouvant ainsi un peu de la petite fille qu'elle était encore il n'y a pas si longtemps.

Maintenant – comme ç'avait été long ! –, elle le savait tout proche.

Elle rouvrit les yeux et crut un instant que les larmes – comme l'eau de mer sur la lentille d'un périscope – déformaient sa vue.

Elle hurla.

De toutes ses forces.

Il était vêtu de deux couvertures cousues ensemble dans lesquelles on avait ménagé un trou pour l'énorme tête.

Une tête…

Enorme. Deux ou trois fois le volume d'une tête normale.

Une face plate, sans aucun relief. Pas de nez visible, pas de bouche. Des yeux imperceptibles. Et, par là-dessus, quelques rares cheveux blond cendré, bouclés, longs.

Une chevelure de bébé.

Bouche ouverte – mais plus aucun son n'en sortait –, elle le regardait, tout proche.

— Frérot a dit à Faty !

L'éléphanteau parlait. Une toute petite voix.

Elle fit face. Peut-être parce qu'elle était courageuse. Peut-être parce qu'elle pensait encore pouvoir s'en tirer.

— Frérot a dit à Faty ! répéta-t-il.

L'éléphanteau hochait son énorme tête d'un air grave, comme s'il était l'unique détenteur d'un très lourd secret.

— Qu'est-ce qu'il a dit à Faty, le frérot ?

Elle s'était lancée, après plusieurs essais pour retrouver sa voix.

L'éléphanteau n'eut pas l'air de comprendre :

— Frérot a dit à Faty !

— Qu'est-ce qu'il a dit à Faty ?

Il hocha la tête. L'air de dire : "Tout cela est très préoccupant." Puis, arrachant la combinaison :

— Faty sait !

— Qu'est-ce qu'il sait, Faty ? Il va me le dire ?

Il arracha le soutien-gorge et contempla la poitrine de la jeune femme avec étonnement.

— Faty est fâché !

— Pourquoi ? Pourquoi Faty est fâché ? J'aime beaucoup Faty !

Il suspendit un instant son geste puis arracha le slip.

— Faty veut faire l'amour ? demanda-t-elle.

Elle souleva la couverture. Il n'y avait rien, presque rien. Le souffle court, elle prit dans sa main libre la petite chose molle et s'activa, levant de temps en temps les yeux vers la face plate, là-haut, très loin…

Rien.

Rien ne viendrait jamais. Elle le savait. Par expérience.

— Gentil, Faty.

Il avait suivi, avec son énorme patte, la douceur du bas, celle, différente, de la peau, et avait empoigné une fesse comme on le fait d'un fruit.

— Ça te plaît, Faty ? implora-t-elle.

Il prit l'autre fesse dans son autre main et, un instant, elle pensa que tout pouvait…

— Faty en a assez !

Elle leva les yeux vers lui et comprit ce qu'il allait faire.

Elle hurla de toutes ses forces, sans troubler l'éléphanteau bien décidé à séparer ces demi-pêches l'une de l'autre.

IX

1er décembre, 23 h 50

Le commissaire principal Stievet avait craint le pire, mais, rapidement, la conversation avait pris un tour intéressant, voire amusant.

Pour le moment, juste avant le dessert, le jeune Arménien tentait de définir sa différence – et peut-être le fait qu'il fût flic – à travers un exemple un peu scabreux :

— C'est comme ça, patron, bien plus que le fait d'appartenir à un peuple décimé. Ouais, c'est là que j'ai senti que ça collait pas !

— Mais qu'est-ce qu'il avait de différent, puisque tu crois en Dieu, toi aussi ? demanda Stievet.

L'Arménien réfléchit un instant, puis répondit :

— La manière. Je vais essayer de vous expliquer. Donc, je le regardais, ce type de la JOC. J'enviais ce mec calme avec Dieu dedans, douce lumière… Baisse un peu l'abat-jour ! Merde que je me disais, pourquoi je suis pas comme lui, heureux, serein… Et puis, tiens, par exemple, ses cheveux étaient "taillés". Difficile d'expliquer ça : c'est propre, ça fait avant-guerre, ça sent le cahier bien tenu, et moi qui écris si mal ! Et ses frusques grossières mais propres, je dirais… rurales. Du gros velours comme on n'en trouve nulle part, un pull jacquard : simplicité ! Ça sent son Bernanos, la campagne sous la pluie, la mystique rassérénante, le conflit intérieur qui se règle en douceur. Le contrôle de l'âme. La logique et le calme. Et moi, la tempête bruyante, merdique, brouillonne, véhémente, vociférante ! Et lui : ce qu'il m'exaspérait. Et sa barbe touffue, sereine… La salope !

— T'étais jaloux ?

Kasbarian hésita :

— J'enviais son calme, son recul. Par exemple, si aujourd'hui on me demande de définir le bouge où je suis né, je vais prendre un air humour froid et répondre : "A propos de ma baraque, on peut tenir pour acquis que Beethoven n'y composa pas son *Hymne à la joie*." OK. Mais il y a quinze ans, j'y aurais automatiquement vu une vanne et j'aurais tapé.

Stievet considéra d'un œil écœuré la banane flambée qu'on venait de lui servir et répondit assez gravement :

— Tu sais, c'est un peu paradoxal, mais j'ai remarqué que tous les grands flics étaient des révoltés. Je dis les grands flics, pas les bons.

— Quelle différence, patron ?

— Tout simple. Le grand flic a le coup de génie, l'inspiration divine. Même aujourd'hui, dans notre corps, avec les techniques de pointe, l'informatique, l'électronique et le reste. Le bon flic, lui, c'est le gagne-petit, le tâcheron efficace.

— Teissère ?

— Si tu veux. A propos, faudrait que ça cesse. Je sais qu'il est pas marrant, qu'il pue la mort, tout ce que tu veux. Mais il ne peut pas comprendre. Môme, on réforme pas les hommes.

Kasbarian repoussa son assiette :

— Patron, c'est comme la vie, la politique… La question, c'est : il n'a rien compris ou rien voulu comprendre ? S'il n'a rien compris, c'est un con. S'il n'a rien voulu comprendre, c'est un salaud.

Le principal sembla soudain très loin et murmura :

— Petit, mon instituteur disait souvent : "Il faut laisser hurler les cons, ça écarte les mouches."

Kasbarian hocha la tête – il ne comprenait pas pourquoi Teissère trouvait grâce aux yeux du patron – et parla d'autre chose :

— Vous y croyez, vous, pour cette nuit ?

La réponse tarda :

— Plus. J'en suis sûr. Tu verras comme ça vient vite, ces certitudes-là. On verra demain. Allez, on a perdu une bataille, mais la guerre ne nous a pas perdus, hélas !

Ils se levèrent en souriant.

2 décembre, 6 heures

Un jour qui n'en finissait pas d'arriver, blafard, son côté cafardeux accentué par le caractère sinistre du cadre : les grands entrepôts du quai de la Gare, à mi-chemin du pont de Bercy et du pont de Tolbiac.

Avec les gardiens en tenue, ils étaient une bonne quinzaine à saloper la neige.

Stievet observa le type. Environ soixante ans, le teint pâle des gens travaillant la nuit :

— Un vrai coup de bol, monsieur le commissaire, parce que ordinairement je passe jamais par là à cette heure. Comme l'a dit l'inspecteur, là, je suis vigile aux Grands-Moulins de Paris, à cinq cents mètres. Mais je suis aussi un ancien de la boîte.

Stievet leva les yeux sur lui :

— Ancien flicard ?

— Oui, patron ! C'est pour ça que j'ai une conception un peu spéciale de mon boulot. Depuis deux jours, on avait repéré une bande de petits loubards qui traînaient dans le coin. On avait même téléphoné au commissariat du 13e pour les signaler… Bon, je voulais les situer un peu, les gars, et c'est pour ça que j'ai pris ma mobylette. Normalement, bien sûr… Ça m'emmerdait, en plus, parce que avec toute cette neige… Et c'est là que j'ai vu l'estafette. Un type au volant et l'autre qui fermait la porte du hangar. J'ai pas pipé. Je suis passé, j'ai relevé le numéro et j'ai appelé le 13. Voilà.

Stievet eut un pâle sourire :

— Merci ! Du bon boulot !

Puis il se tourna vers un commissaire – jeune, prétentieux : l'universitaire puant – et répéta avec un sourire glacé :

— Du bon boulot. Pas comme vous, mon petit vieux ! Il vous a fallu plus de sept heures pour envoyer vos gars ?

— Monsieur le principal... C'était une véritable tempête de neige. En plus, en début de soirée, une de nos "PS*" s'était plantée avenue d'Italie en dérapant dans la mélasse. En outre, les flicards faisaient la gueule à l'idée de sortir et j'ai pensé...

— Ça va ! coupa sèchement Stievet.

Teissère avait écouté poliment, sans impatience, sans dire mot, un peu comme si tout cela l'emmerdait prodigieusement. Il toussota, la main devant la bouche – selon un vieux rite, signalant ainsi qu'il avait quelque chose à dire :

— Patron, si vous voulez voir le corps, le toubib a presque terminé.

A l'exception des gardiens en faction, le cortège suivit Teissère à travers un hangar absolument vide, hormis un petit groupe tout à fait dans le fond.

Teissère se tourna vers les autres :

— Le bâtiment et les deux autres attenants sont promis à la démolition.

— Hum ! fit Stievet, prodigieusement irrité par le ton impersonnel de son subordonné.

* Police secours.

Ils rejoignirent le groupe d'hommes, dont l'un était accroupi près d'un corps de femme vêtu – si l'on peut dire – de bottes, bas et porte-jarretelles.

Stievet fixa longuement le corps, puis :

— Salut, toubib !

L'homme, âgé d'une cinquantaine d'années, se retourna à demi :

— Manu ! Qu'est-ce que tu racontes ?

— Rien. Je t'écoute.

Le toubib hésita :

— Bizarre ! Pas de sperme. Pas de… Tu veux mon impression, comme ça ?

— Ouais, fit Stievet.

— C'est anal. Des ecchymoses énormes sur les fesses, une déchirure au rectum…

Il s'interrompit en voyant le jeune commissaire faire une grimace écœurée et le fixa d'un air mauvais :

— En crimino, on vous a appris quoi ? Pas de visites à la morgue ? Rien sur l'étendue et la diversité des perversions ? Pas un mot sur les déviants sexuels ? Alors faut retourner à l'école, mon petit bonhomme.

Puis, sans même lui laisser le temps de répondre, et comme s'il s'adressait exclusivement à Stievet :

— Il lui a plus ou moins cassé le cul. Et la nuque, comme d'habitude. Difficile de te dire dans quel ordre. Pour elle, j'espère…

Il ne termina pas sa phrase.

Le hangar s'était brusquement assombri et, un à un, ils levèrent les yeux vers la verrière.

La neige s'était remise à tomber.

X

2 décembre, 9 h 45

— Vous fumez pas les cigares que je vous ai offerts, patron ?

Stievet eut un regard coupable – un regard de gosse – vers sa gauloise, puis une brusque flambée de colère : “Mais il m’emmerde à la fin !”

Il se contrôla cependant et répondit d’une voix traînante :

— Ils sont un peu forts. Vaudrait mieux que j’essaie des petits, des déchets de havane, des trucs comme ça. Au début.

Ouais. Il y a quinze ans, il aurait été plus avisé de faire comme ça, pensa-t-il.

Kasbarian hocha la tête, l’air de dire : bien sûr, des plus légers, c’est évident ; quel con je fais !

Il se leva en disant :

— Bon, ben, je vais y aller, patron.

— Attends.

Stievet réfléchit. Pas de doute, Kas valait mieux que ça. N’importe quel connard pouvait s’embusquer près d’une tombe, au cimetière de Pantin, et repérer le premier immigré qui s'en approcherait un peu trop.

— Appelle Nori et branche-le là-dessus. Quoi qu'il foute en ce moment, il laisse tomber et s'occupe du cimetière. Qu'il prenne Deloux avec lui. Exécution !

— OK, patron ! répondit Kasbarian visiblement heureux d'abandonner les longues planques au cimetière avec toute cette neige poudreuse qui brûlait les pompes comme de l'acide.

Demeuré seul, Stievet composa le numéro du conseiller technique du ministre.

De standardistes en secrétaires, d'erreurs d'aiguillages en faux numéros de postes, l'attente se prolongeait et le principal prit machinalement une cigarette.

Il faillit l'allumer, se ravisa et sortit d'une poche intérieure un gros cigare enveloppé d'une pellicule de Cellophane.

Puis, bloquant l'appareil entre son épaule et son oreille, il fouilla dans le tiroir central de son bureau en gueulant, à l'adresse d'une standardiste :

— Non, je ne quitte pas !

Il saisit un vieux canif et coupa l'extrémité de son cigare, geste qu'il avait vu faire chez les amateurs éclairés.

Mais tout foira. "Il part en couille", constata le principal d'un air navré en voyant les débris de tabac s'éparpiller sur son pantalon.

Il songea que si Kas avait été là, il lui aurait balancé un regard lourd, l'air de dire : "Vous l'avez fait exprès, patron !"

— Merde ! rugit le principal.

— Quoi ? fit une voix féminine à l'autre bout du fil.

— Je ne quitte pas ! répondit-il d'un ton fourbe.

De grosses gouttes de sueur perlaient à son front, et l'appareil, toujours inconfortablement bloqué, lui creusait douloureusement l'épaule.

Il se résolut donc à poser le cigare bien à plat sur le bureau et le décapita d'un geste vif.

Soit que ce fût la nervosité, ou ses mains qui tremblaient perpétuellement, ou bien encore un acte manqué – à moins, bien sûr, qu'il ne se fût agi d'une freudaine bidon du type "conduite d'échec" –, toujours est-il qu'il le coupa de biais.

Pendant quelques secondes, il resta pétrifié d'horreur. Tel quel, il évoquait un enfant regardant, au bord des larmes et de la crise de nerfs, son joujou en morceaux.

Puis, rageusement, il saisit ce qui restait du havane et le coupa en deux d'un geste brutal, le visage éclairé d'une joie mauvaise.

— Allô, Manu ?

— Lui-même. Bonjour, Pierre. Ça va ?

— Pas mal, mais beaucoup de boulot, beaucoup trop !

"Personne t'a forcé", songea Stievet, qui répondit :

— Tu sais, pour cette nuit ?

— Oui.

Stievet ménagea un court silence qui, pensait-il, jouait en sa faveur, et reprit :

— T'as noté que le mec a attendu qu'on lève le dispositif ?

— Je sais.
— Alors, c'est simple, vous me donnez les moyens ou vous ne me les donnez pas.
Le silence se prolongea une dizaine de secondes, puis l'autre répondit :
— Manu, tu sais ce que ça coûte, non ? Et, sans laisser le temps au principal de répondre : On te propose dix jours. Ou quinze, avec moitié moins d'effectifs. Puis, d'un ton différent, apparemment amical : Manu… Officieusement, on a appris… Tu as des problèmes de santé, non ?
Le principal paniqua un court instant et répondit d'une voix qu'il maîtrisait mal :
— Je vais mourir, Pierre. Avant six mois, grand maximum.
Un long silence gêné à l'autre bout du fil, puis :
— Manu… Je…
— Ça va bien, Pierre. Tu peux rien. Un homme est toujours seul face à sa mort, c'est comme ça. Je préfère même qu'on se revoie pas.
— Je peux faire quelque chose ?
Stievet hésita, puis :
— Oui, un service personnel. Tu peux noter ?
— Je t'écoute.
— Inspecteur principal Kasbarian. Prends-le sous ta protection. Comme si c'était mon fils, d'accord ?
— T'as ma parole, Manu.

— Ça colle pas ! Qu'est-ce que c'est que ces deux mecs pas plus gros que toi et moi ?

Teissère toussota poliment et répondit à son supérieur :

— Patron, j'ai une hypothèse.

— Qu'est-ce que t'attends pour la chier ? dit vivement Kasbarian.

Et, tout aussitôt, il adressa un regard d'excuse à Stievet.

Mais Teissère semblait ne pas avoir entendu, car il reprit d'une voix monocorde :

— Patron, on est parti sur la base d'un suspect très gros.

— Plus que ça : un monstre, d'après l'immigré.

— Soit, patron. Si le bougnoule a bien vu, il s'agit d'un type énorme. Alors, comment ça peut se déplacer, un monstre ? Dans une 4 L, à la merci du premier regard ?

Un long silence suivit ces paroles, puis Stievet hocha la tête :

— Félicitations ! Je crois que c'est ça. Et tu vois ce que ça implique ?

Teissère ne releva même pas le menton pour braver l'assistance. Un peu comme s'il pensait avoir fait son boulot et rien de plus.

— Ça implique, patron, qu'il a des complices. Au moins deux. Et qu'en fait, c'est trois types que nous recherchons.

Ça faisait beaucoup pour Stievet. Il fallait d'urgence mettre l'éteignoir, laisser refroidir.

Il sortit son arme de son holster, la posa sur le bureau et déclara d'un ton glacé :

— J'ai une surprise pour chacun de vous : le nouveau pétard administratif.

Kas écarquilla les yeux :

— Alors, c'était vrai… Fini, le 7,65 ?

— Fini. Revolver Manuhrin 73. Une copie du Smith & Wesson. Faudra faire avec. Calibre 9 mm parabellum.

Il rengaina l'arme en pensant qu'il n'aurait jamais à s'en servir.

A moins, bien sûr, que du fond de son cercueil il puisse faire des cartons sur les pissenlits.

Il eut un sourire écœuré et leva la séance.

XI

3 décembre, 7 h 45

Il regarda la chose animée – “frérot” – à qui, il le sentait confusément, il ne devait faire aucun mal.

— Faty reste seul ?

L’homme jeune s’approcha, passa sa main délicate, aux ongles manucurés, dans les cheveux rares, blond cendré du monstre, et répondit :

— Mon Faty va être sage, très sage, et je lui apporterai un autre petit animal.

— Faty veut !

L’homme jeune secoua négativement la tête en souriant, posa sa grosse serviette de cuir et s’assit à côté du monstre sur un long banc de ferme. Il parut un instant chercher ses mots, puis posa sa main fine sur un des énormes battoirs en disant :

— Ils peuvent coûter très cher, ces petits animaux ! Très, très cher. Et ils sont difficiles à attraper. Il faut les choisir, repérer leur tanière et voir s’il n’y a personne autour. Heureusement, papa s’y connaît pour tout ça : c’est un très grand chasseur !

— Faty veut !

L'homme jeune eut l'air désarmé. Il reprit, d'un ton qu'il voulait convaincant :

— En plus, Faty, la chasse en est interdite. C'est dommage, parce que ces petits animaux sont nuisibles, mais c'est hélas comme ça. Il faut attendre encore huit jours, le 10 décembre ! Tu te souviens, Faty ? Allez, compte !

— Faty ne veut pas !

— Compte !

— Faty ne veut pas !

— Faty : un, deux, trois, quatre… Allez !

— Faty ne veut pas ! Faty veut un petit animal !

L'homme jeune alluma une longue cigarette américaine et expliqua d'une voix douce :

— Faty, tu les casses tout de suite. Je t'ai expliqué ce qu'il fallait faire. C'est une chose naturelle, absolument naturelle. Ces petits animaux ne savent faire que ça. Les deux dernières ont même voulu t'aider ! Elles ont été gentilles. Lorsqu'elles ont peur, elles sont gentilles.

— Gentil, Faty !

L'homme jeune, visiblement découragé, éteignit d'un geste résigné sa cigarette à demi consumée :

— Oui, tu es gentil, Faty ! Tu es un merveilleux garçon.

Il se pencha vivement et, dans un geste irraisonné, embrassa la face plate.

En cet instant, il ne pensait plus que Faty, à trente ans, était son frère aîné. Pour lui, à jamais, le monstre était un bébé, un éternel bébé :

— Mon gros bébé ! Sage, hein ?

— Sage, Faty ! répondit le monstre, sa face plate reflétant un air pénétré.

L'homme jeune jeta un regard rapide dans la pièce-prison aux murs – épais de quarante centimètres – capitonnés, s'assura qu'il n'y traînait ni allumettes, ni verre, ni objet contondant, et sortit en questionnant, selon l'habitude :

— Gentil ?

— Gentil, Faty !

Il grimpa dans la voiture où l'attendait son père et s'assit à ses côtés.

L'homme démarra sans un mot.

Ils roulèrent en silence, chacun semblant s'absorber dans ses pensées, puis l'homme jeune dit vivement :

— Laisse-moi porte de Montreuil, je prendrai un taxi.

— Si tu veux, répondit l'homme plus âgé.

— Dis, papa, tu crois qu'ils se doutent de quelque chose ?

— Rien qu'ils ne sachent déjà.

— Et l'estafette, cette nuit ?

— Ils ne la retrouveront pas avant des mois.

L'homme jeune hocha la tête et reprit, comme pour nourrir la conversation :

— J'ai ausculté Faty ce matin et…

— Pas de ça ! Ta mère et moi l'avons appelé François ! Tu as déjà été assez con, à l'époque…

Ils se turent et l'homme jeune se souvint.

C'était sa première année de lycée et il s'était jeté à corps perdu dans l'étude de l'anglais. Une année dégueulasse. Une année noire. Maman morte, raide, livide dans son lit et le hurlement de papa – et c'était si peu son genre de crier comme ça que c'était plus terrifiant. Puis la nuit horrible avec François, prostré. François caressant le bois du cercueil… François qui d'habitude était toujours en train de rire, de faire des bêtises. François son aîné si fort, si brillant… Il avait enflé, mangeant pendant des heures, sans un mot. Enflé, enflé… Et ce silence plus douloureux qu'un hurlement.

C'était un jour de septembre, il venait de retrouver le lycée. Oui, la cinquième, les nouveaux copains…

Ce putain de jour !

Papa lisait son journal et François, prostré sur sa chaise, mâchant dans le vide…

Alors il s'était approché, avait attiré l'attention de son frère et – pourquoi avait-il dit ça ? – murmuré :

— Faty, *small is better* !

— Faty ?

Le premier mot depuis neuf mois.

Papa avait littéralement jeté son journal et s'était précipité :

— Qu'est-ce que t'as dit ?

— Rien… *Small*… Faty, *small is better* !

— Faty ! avait repris François.

Ils s'étaient regardés, médusés, et le père avait repris :

— Faty ?

— Faty ! Gentil, Faty !

Il n'y avait rien dans sa tête.

Un passé ténébreux, des mots davantage issus d'un automatisme que d'une quelconque réflexion.

Un mot, une intonation, un regard amenaient chez lui l'attitude et le mot correspondants. Le raisonnement ne fonctionnait jamais, mais telle ou telle menace engendrait un réflexe dont la nature pouvait tromper.

Ce n'était pas encore Pavlov, ce n'était pas le "au pied !", "couché !", "su-sucre !", "attaque !" du chien, mais ce n'en était plus tellement éloigné.

Tout s'était défait au fil des années, comme si la mort de sa mère avait coïncidé avec sa mort intellectuelle.

Son cerveau sombrait lentement, tout s'y déstructurait dans un climat d'abandon, comme si l'homme – ou ce qu'il en restait – aspirait à une vie strictement sensorielle : "bon", "chaud", "dodo", "pot"…

Il ne se souvenait plus d'avoir magnifiquement dit "non", avec ce courage et cette fermeté qui font que, bien souvent, secrètement, les adultes battus, compromis, avariés, jalousent les enfants.

Il ne se souvenait ni de ça ni d'autre chose. A vrai dire, il ne se souvenait plus de rien.

Cinq minutes de semi-lucidité le matin, autant le soir : comme des derniers feux, et il pouvait alors un instant faire illusion.

Il était loin, le temps où il crevait d'angoisse à la perspective d'un monde sans sa mère, sans sourires, sans ces grandes tartines couvertes de chocolat râpé à la main qui l'attendaient au retour de l'école.

Plus d'angoisses. Plus de peur. Ces sentiments lui étaient étrangers.

Il n'avait aucune notion du temps ni, par conséquent, de l'ennui.

Les heures filaient, peut-être un peu plus longues l'été, mais ce n'était même pas certain.

Il avait oublié sa mère et, partant, la mort de celle-ci. Et il avait oublié la mort et la vie ; ces deux valeurs se définissant négativement l'une par rapport à l'autre, rien de ce genre ne l'angoissait plus…

Il avait, de loin en loin, une merveilleuse journée qui lui rappelait confusément un concept : le bonheur. Mais cela était si fragile, si douloureux, qu'il ressentait, malgré son état, une impression de gêne insupportable. Peut-être que la morale, celle qu'on se forge soi-même, est un des derniers bastions… Toujours est-il que, d'instinct, le bonheur lui semblait très profondément obscène.

De loin en loin, des moments merveilleux…

Comme cette fois, deux ans plus tôt… Ce petit visiteur étrange et multicolore… Oui, la fois où un papillon s'était glissé dans la pièce-prison.

Faty avait ri, tapé des mains, esquissé un ou deux pas de danse grotesque, fait des grimaces et agité les bras – singeant l'insecte – jusqu'à ce que le papillon se pose. Il avait alors voulu le saisir, mais le petit visiteur était si rapide !

Dans la pièce-bunker sans fenêtre, à l'arrière du pavillon, de telles intrusions étaient rarissimes.

Il passait ses journées allongé sur le lit et, de loin, on eût dit un gros sanglier tapi dans un lit de feuilles.

Il avait également la possibilité de s'asseoir sur le banc de ferme – son père avait longuement rogné les angles et les arêtes pour les adoucir – mais il s'en fatiguait très rapidement.

Il regarda le nouvel ours en peluchc – un par jour –, le saisit entre ses immenses battoirs et le dépiauta en un tour de main. Il était, le temps aidant, passé maître dans ce genre d'exercice.

Un souvenir – une obsession ? une réminiscence ? –, cependant, persistait. Peut-être parce qu'il existait une liaison fragile, ténue entre sa mémoire et certaine forme de plaisir exclusivement tactile.

Certes, c'était un peu confus, mais tout de même plus important que l'épisode, totalement oublié, du papillon.

— Faty veut !

Il entrevit, dans un coin de son cerveau, tache blanche dans le noir organique de ses yeux fermés, la petite chose étrange, fine et ronde, svelte, les jambes gainées de ce voile si fin… Une petite chose tantôt abandonnée, tantôt si nerveuse…

Oui, un petit animal…

Alors il appela.

Il appela celui qui, finalement, comptait plus que "papa".

— Frérot !

Il appela cinq heures durant.

XII

4 décembre, 13 h 45

Georges Scapini fixa le cadavre, hocha la tête et, sans un regard de plus, suivit le principal et l'inspecteur.

— Eh ben, ma salope, ça a pas l'air de t'émouvoir ! C'était pas l'amour de ta vie ? demanda Kasbarian.

Il se concentra sur le dallage en pensant : Ça démarre ! La provoc. Me faire sortir de mes gonds. Ou alors il ne m'encaisse pas. Qu'est-ce que c'est que ce nabot ? Un petit youpin ? Un Arménoche ? Oui, plutôt ça.

Il crut bon, cependant, de répondre d'un ton neutre :

— J'ai fait l'Algérie. La bataille d'Alger… Parachutiste. Alors les cadavres…

Pure vérité. Pas trouvé désopilant, d'ailleurs, mais pas poussé non plus de hauts cris comme les tantes de Métropole. La guerre, mon pote ! Au fond, il y était pour rien. Même, il pensait avoir chassé davantage la canette de bière que le bougnoule.

Lui, les fellouzes félons... Quand même, parfois, manquait pas d'esprit ! Ça lui faisait presque peur d'être si intelligent !

— Ben, t'es complet, mon salaud !

Il ne répondit pas. Ou c'était la suite de la provoc, et, dans ce cas, tout ce qu'il dirait lui vaudrait une vanne, ou bien, plus grave, au fond : il y avait des cocos chez Poulaga.

Ils atteignirent la R 16, garée dans la cour de la morgue, sans prononcer une parole de plus.

Dans la voiture, l'Arménien repartit à l'attaque :

— Hé, le hareng, t'aurais pas une estafette bleue, par hasard ?

Il le charriait, non ? Valait peut-être mieux pas s'écraser complètement. Une lope, ça se fait toujours persécuter, que ce soit dans la vie, chez les poulets ou au placard :

— Dites, monsieur l'inspecteur, j'ai des sapes à me trimballer en estafette ?

L'Arménien feignit la grande frayeur :

— Oh, il se fâche tout rouge le beau Georges !

Il ne répondit pas et, pour se calmer, imagina une rencontre nocturne avec l'Arménien, à mains nues, dans un terrain vague. L'avoine qu'il lui mettrait, à cette salope !

— Elle tapinait pour toi depuis combien de temps ?

Le principal. Un autre ton, presque sympa. Brusquement, le vieux schéma lui revint en mémoire. Quel con ! Failli marcher ! Ça doit pourtant remonter à Vidocq, le coup du méchant flic et du gentil. Il répondit froidement :

— A peu près dix-huit mois. Elle arrivait de Nemours.

— Elle faisait le Bois, aussi ?

— Non, jamais ! Ça l'aurait déclassée.

Au passage du pont d'Austerlitz, Kasbarian jeta un coup d'œil sur la Seine en crue, grise sous un ciel gris dans une ville grise.

La pute – pauvre petite môme – n'avait pas fait un long parcours ; quai de la Gare-quai de la Rapée : terminus, tout le monde ne descend pas. Les paumés et les calamiteux d'abord. Les rupins et les gros fumiers en dernier.

Son propre – façon de parler – mac s'en foutait. Tout le monde s'en foutait. C'était toute la société qui s'en contrebranlait.

Kasbarian resta songeur. Il n'y avait jamais pensé auparavant et ça venait sans doute du fait que personne – PERSONNE ! – ne suivrait le cercueil de la petite pute… Oui, pourquoi mobilisait-on tous les médias pour un meurtre de gosse et là… ? Il y avait deux sortes d'êtres humains ?

Il eut un fort coup de déprime. Tout ce foutu pays dégringolait vers l'abîme à grands coups d'égoïsme, d'indifférence.

Eux, les poulets, ils servaient à quoi au juste ? A faire respecter les règles d'un jeu truqué ?

Il eut peur. Pas la panique, pas vraiment, mais un petit vertige.

Il se méfiait de la tendance générale à dire que "dans le temps"... Il lui semblait, cependant... Par exemple, des gars de dix-huit ans qui, au premier incident, disaient à une femme : "Toi, je t'encule, salope !..." Très rare, même dans son quartier pourri.

Ou bien les mêmes jeunots balançant un marron à un homme de soixante ans.

L'idée lui vint de la perte de quelque chose qui s'appelait peut-être le respect.

"En plein dans le mille", songea-t-il avec ironie. Te voilà nouveau philosophe, mon p'tit pote, nageant dans la crise de civilisation et les problèmes de la vie sociale. Ou alors, t'es devenu un vieux réac.

Il s'efforça de penser à autre chose, au fait, par exemple, qu'il n'avait pas neigé depuis vingt-quatre heures.

Il nota le silence dans la voiture, enregistra la présence du mac à ses côtés et dit d'une voix traînante, qu'il souhaitait profondément irritante :

— Intéressant ! On reprend tout depuis le début. Comment tu t'appelles, déjà ?

Stievet allait quitter le bureau. Pas mécontent d'aller respirer un petit coup d'air glacé, mais un peu déprimé à l'idée d'une longue soirée télé.

La porte s'ouvrit avec violence et Kasbarian entra dans le bureau à la manière d'un demi de mêlée :

— Patron, l'immigré ! On essaie de repérer l'appel.

Le principal se leva, alluma nerveusement une gauloise et se rendit – à petits pas – dans le bureau voisin :

— Allô ? Stievet à l'appareil.

— Ti si qui c'est moi ?

— Bordel, qu'est-ce que vous foutiez ?

— J'y mi cassi que'que chouse. La nouit, dans li cimitiere.

Le salaud, pensa Stievet, admiratif. Il avait compris. L'autre avait repéré Kas ou Nori. Il avait dû se laisser enfermer dans le cimetière et se tailler la nuit venue. Et puis, soit la tempête de neige, soit le froid, soit le fait qu'il ne fût plus tout jeune : il s'était rétamé en faisant le mur.

Et il avait été là, des jours durant, bloqué dans un hosto, à sa pogne.

Trop con !

— On peut se rencontrer.

— Non.

— Parle-moi du monstre.

— Li tri grou, mais li pas tout seul.

— Qui t'a tiré dessus ?

Un silence, puis :

— Sis copains. Dirrire l'istaffite.

— L'estafette : bleue ?

— Oui, ji crois.

— T'es bien sûr ? Combien il avait de copains, le monstre ?

— Ji vou deux. Pas vou leurs figoures.

Stievet en voulait davantage. Du détail. Seconde après seconde.

— On peut se voir. Je viendrai seul. Tu as ma parole.

Il n'entendit plus rien et crut que l'autre avait abandonné l'appareil, sans même raccrocher.

— Ou ji dois itre, ti mi virras.

Et, cette fois, il raccrocha.

Stievet donna aussitôt ses ordres. Avant l'aube, le cimetière serait quadrillé.

Il ajouta :

— Et du soigné ! Maçons, croque-morts, femmes et enfants, vieillards. Que toute la boîte se déguise si nécessaire, mais il me le faut.

Il avait l'impression d'agir trop vite, d'oublier quelque chose.

Mais il devait foutre le camp, très rapidement, avant que la crise qu'il sentait venir ne l'oblige à agripper son bureau devant tout le monde.

Devant les inconnus accourus des services voisins.

Devant Teissère, qui feindrait de ne rien remarquer.

Devant Nori et le petit Deloux qui ouvriraient des yeux ronds.

Et devant Kas...

Il fallait se tirer à toute allure :

— Kas, vois les détails.

L'Arménien sembla deviner ce qui se préparait :

— Je m'occupe de tout, patron. J'y serai moi-même dès quatre heures du mat'.

XIII

5 décembre, 0 h 20

La neige tombait depuis plus de quatre heures.

Elle avait recouvert les tombes, donnant plus d'épaisseur aux monuments et aux sculptures, faisant ressortir le trait noir des minces croix de bois des sépultures provisoires.

Sous son poids, les arbres des allées évoquaient des vieillards aux silhouettes ramassées, ployant le dos sous quelque lourd fardeau.

Mais tout cela, il ne pouvait le voir, puisqu'il se trouvait à l'extérieur du cimetière.

Il ne comprenait plus rien, et surtout pas ce commissaire Stievet, auquel il se souvenait parfaitement d'avoir dit : "Tu me verras là où je dois être."

Amar consulta sa vieille montre – la petite aiguille, celle des secondes, avait disparu, mais, hormis celle de sa mort, "qu'est-ce qu'une seconde ?" – et son visage se contracta.

Il n'en pouvait plus. Physiquement, c'était très au-dessus de ses moyens. Il ne pouvait pas stationner sans se faire repérer et avait donc fait plusieurs fois le tour de l'immense cimetière, se jetant à plat ventre dans la neige lors du passage des voitures de patrouille, plus nombreuses que d'habitude.

Se jeter à plat ventre, lorsqu'on a vingt ans, ce n'est déjà pas très marrant, mais à cinquante, après une vie de boulot, une guerre de guérilla et avec un bras cassé : ça tourne au martyre.

Il savait pourtant que Stievet n'arriverait pas à bord d'une de ces voitures noir et blanc surmontées d'un phare bleu – pour autant qu'on puisse distinguer les couleurs avec toute cette neige.

Il titubait presque, dans les rues faiblement éclairées par la lueur évanescente des réverbères, lorsqu'il vit une voiture qui remontait doucement la rue, le faisceau des phares emprisonnant des milliers de petites particules blanches qui semblaient danser la sarabande dans leur lumière jaune.

Son instinct, comme fatigué, sembla déclarer forfait pour la première fois de sa vie.

Il se tenait maintenant tout au bord de la chaussée, incertain, partagé entre la peur et le soulagement.

Les occupants de la voiture avaient dû le repérer, mais ils ne se hâtèrent pas, un peu comme si leur dignité les obligeait à maintenir leur allure initiale.

S'il s'était vu – et bien que ce ne fût pas dans son caractère –, Amar se serait peut-être attendri sur lui-même.

Pas à cause de son ignoble cicatrice qui, dans les grands moments, prenait un singulier relief, mais plutôt à cause de son aspect général.

Il ressemblait à une statue élevée par un artiste naturaliste sur le thème de la grande misère des déracinés.

Ses cheveux gris, couverts de neige, évoquaient ces perruques un peu ridicules que l'on voit aux magistrats africains libérés – libérés ? – de la présence anglaise : coiffure de petits marquis du XVIIIe...

Le plâtre blanc – du bras cassé – couvert de neige faisait songer à une concentration de poudreuse, incongrue en ce point donné de son anatomie.

Quant à sa silhouette, qui, immobile, blanchissait à vue d'œil, elle semblait rapetisser, accentuant son aspect dérisoire de petit père Noël maghrébin.

La voiture, une grosse américaine, stoppa à moins de deux mètres, s'immobilisant en seconde position.

Le mouvement très vif des essuie-glaces, dont les balais chassaient les flocons, lui permit de distinguer deux taches blêmes.

Au volant, un homme jeune le regardait froidement.

Son compagnon, celui qui était coiffé d'un chapeau à bord rabattu sur les yeux, devait avoir dépassé la cinquantaine.

Amar n'y songea même pas, mais son couteau était déjà dans sa main valide, la fine lame aiguisée s'altérant au contact des flocons.

La porte s'ouvrit côté passager et le conducteur, quoique au point mort, appuya sur l'accélérateur.

Ça ressemblait à une plainte douloureuse et, de fait, c'en était une puisque les moteurs ne sont pas conçus pour couvrir le bruit d'une détonation.

Il n'avait pas oublié celle qui était couchée là, juste à côté, derrière le mur, prisonnière de la terre gelée devenue dure comme de l'acier.

Il y pensait même très fort.

Elle occupait la totalité de son cœur, de son âme, une bonne part de sa mémoire.

Mais il n'entendait pas lui en sacrifier la totalité.

Non par avarice, d'ailleurs, mais tout simplement parce qu'il en avait besoin pour la représentation qu'il allait lui donner.

Et, docile, la mémoire lui revint par pans entiers : l'entraînement, l'instructeur qui avait fait Monte Cassino, l'adversaire qu'on épiait droit dans les yeux, pour mieux voir se mouvoir ses mains.

Le type était descendu et, à vrai dire, Amar n'en vit pas grand-chose : le chapeau mou, l'imperméable mastic, les gants de peau et, bien sûr, la tache blême du visage aussi usé, aussi profondément triste et désespéré que le sien.

Et puis, entre les mains, l'arme, le canon vers le haut, à quarante-cinq degrés, comme les soldats français lorsqu'ils traversaient un douar.

Il s'en voulut terriblement en se souvenant de ce jeune homme bronzé, vêtu d'un uniforme léopard, dont la visière de la courte casquette Bigeard ne pouvait dissimuler le regard si bleu, si fixe, si mort.

Amar se souvint de la facilité avec laquelle sa lame lui avait tranché la gorge.

Il le revoyait encore quittant la colonne – malgré un ordre rauque – pour aller caresser un vieux chien qui, sans doute, le renvoyait à quelque chose qui lui avait été cher.

Amar ne pouvait lui sacrifier le sens de sa vie. Il ne pouvait dire que tout cela avait été inutile mais, puisque c'était resté comme une tache indélébile – rien n'est simple –, il entendait faire quelque chose pour le jeune homme à l'uniforme léopard.

Oui, sûr ! Parce qu'il avait un regard d'enfant. Et parce qu'il aimait les vieux chiens.

Amar, d'un geste d'une lenteur exaspérante – à moins que ce ne fût d'une gravité exceptionnelle –, jeta son couteau dans la neige aux pieds de l'homme.

Celui-ci releva la tête et lui adressa un regard étonné.

Puis il abaissa son fusil, le canon scié à hauteur de la poitrine d'Amar qui tremblait de la tête aux pieds, enregistrant froidement – comme une salle de contrôle – toutes les défections, toutes les petites trahisons de son organisme.

Il tendit les muscles et serra les fesses, y concentrant toute son énergie, parce qu'il savait les commentaires qui avaient cours lorsqu'on retrouvait un cadavre à la culotte alourdie.

Dans l'attente du coup, ses paupières battaient si fort et si vite qu'on aurait dit un enfant redoutant une gifle.

Maintenant, il arrivait à lire très nettement dans les yeux de l'homme et, comme le doigt appuyait sur la queue de détente, il se jeta de côté, vers le flingueur.

Le bras droit à demi sectionné, il regarda l'homme qui le tenait de nouveau en joue.

Amar était heureux.

Il ne pouvait pas prétendre, comme à l'habitude, avoir rendu au moins un coup, mais, dans sa situation, ce n'était pas si mal.

Et puis, peut-être l'avait-elle vu de là-haut ?

L'homme qui tenait le fusil n'était pas accessible à la pitié parce que, pour lui, la vie en avait été totalement dépourvue.

Mais il admira l'exploit à sa juste valeur, bien qu'il y ait eu quelque chose de ridicule dans l'entrechat effectué par l'immigré.

Un peu comme un vieux danseur de tango argentin. Un de ces types au regard triste.

Seulement, maintenant, il fallait faire vite.

Le dos contre le mur du cimetière, Amar attendait.

A travers les flocons, il ne voyait plus que le court fusil de chasse à deux coups.

Un fusil à canon basculant et éjecteur automatique.

Il n'eut même pas le temps de s'amuser à l'idée que les Français avaient fini par le coller au mur : la gerbe de plombs l'avait déjà coupé en deux.

XIV

5 décembre, 2 h 15

La nuit semblait reculer devant la convergence des flocons blancs qui croisaient les éclairs bleutés de nombreux gyrophares.

La 305 bleu aurore patina et s'arrêta de biais, comme un crabe.

Kasbarian en sortit rapidement, ne coupant ni les phares, ni les essuie-glaces ; un peu comme si le véhicule ne comptait pas (il lui restait pourtant vingt-trois mensualités de 1 333,09 francs à verser).

Il courut, dérapa, s'étala de tout son long sur la chaussée et se remit aussitôt debout.

Enfin, il rejoignit le petit groupe qui stationnait devant le haut mur du cimetière.

Nori se plaça entre la petite silhouette cassée au pied du mur et l'Arménien au regard fixe :

— Kas… C'est Deloux qui a été prévenu par le commissariat local…

— Vous avez réveillé le patron ?

— Il arrive.

Kasbarian, fixant le cadavre recroquevillé, semblait ne plus écouter.

Le visage, intact, était bien le même que celui qui, à quelques centimètres du sien, séparé par la glace du vantail, avait exprimé comme un regret sincère tandis que la rame démarrait par saccades. Quinze jours plus tôt…

Le silence devenait pénible et Deloux – un jeune au visage poupin – s'approcha :

— Kas… si c'est ça que tu veux savoir, il a pas souffert. Un canon scié, à bout portant… Calibre 12. Peut-être même du 12 magnum.

Kasbarian hocha la tête et, relevant les yeux, croisa le regard de Teissère. Une vague de haine le submergea et il oublia la promesse faite à Stievet :

— T'as traîné tes miches de serpent jusqu'ici, hein ? Venu mater le fellouze vautré dans sa tripaille. Alors, t'es content ? T'en as pour ton pognon ?

Teissère ne le regarda même pas, limitant sa repartie à une simple citation. Une citation de Kasbarian, justement :

— "Je m'occupe de tout, patron."

Kasbarian ouvrit la bouche, regarda tour à tour Nori et Deloux – qui évitèrent son regard – et balbutia :

— Mais…

Il avala sa salive, repoussa une mèche d'un geste vif et reprit, soudain très volubile :

— Pas de ça, espèce d'enfoiré ! Le patron lui a proposé une rencontre immédiate et le gars a refusé. Plus tard, il a dit : "Tu me trouveras là où je dois être", un truc comme ça. Et ça voulait dire le cimetière, d'accord, mais pour plus tard, quand il serait prêt, probablement le lendemain. Kasbarian jeta un regard perdu à ses collègues et ajouta : Tout le monde a compris ça, non ?

Il resta figé un instant, presque grotesque avec ses avant-bras perpendiculaires à son corps, paumes des mains ouvertes vers le ciel, comme s'il comptait recueillir les flocons.

Teissère gratta la neige du bout de son soulier, découvrant par hasard des gouttelettes de sang solidifié.

Puis il dit froidement :

— Moi, je ne vois qu'une chose : le patron t'avait confié un boulot de premier plan, une responsabilité exceptionnelle, et ça a foiré. On n'a plus de témoin, plus rien pour combattre le gros type et ses copains, et ça, c'est ta faute. Si t'avais un peu d'honneur…

Kasbarian hésita un instant puis hocha la tête et sortit son portefeuille pour en extraire une carte qu'il tendit à Nori :

— OK ! OK ! Pas de problème. Tiens, Claude !

Nori hésita, mais Kasbarian lui glissa carte et plaque dans la main. Puis il ouvrit sa veste.

Nori, un peu effaré, contempla Teissère, mais l'inspecteur regardait ailleurs. Quand il se retourna vers Kasbarian, il vit que celui-ci lui tendait son revolver, la courte crosse dépassant du holster :

— Allez, Claude, fais pas chier ! Tu diras au patron que je lui écrirai, à titre personnel.

Sans ajouter un mot, il tourna les talons et se dirigea vers sa voiture.

Il avait roulé jusqu'au canal de l'Ourcq, garant le véhicule à quelques dizaines de centimètres de l'eau gelée.

Ça lui parut franchement beau, presque féerique, et il songea que s'il avait eu raison de bien dissimuler son cœur de midinette, il avait été tout aussi bien inspiré de ne pas l'étouffer tout à fait.

Maintenant qu'il était là depuis des heures, à fouiller chaque pouce de paysage, il était persuadé qu'une vie entière ne suffirait pas pour découvrir la ville.

Par exemple, ce marchand de cannes à pêche : il avait dû passer là plus de cent fois sans jamais le remarquer.

Il songea, plus concrètement, qu'il allait complètement décharger la batterie avec les essuie-glaces qu'il mettait en route dès que sa léthargie s'estompait. Or, comme mille images en avaient déjà chassé mille autres…

La passerelle d'acier noire sous la neige, c'était tout con, un peu chromo, mais ça faisait tilt. Ça le renvoyait à quelque chose de lointain, d'enfoui, très loin, là-bas, sous les flots d'emmerdements quotidiens.

Il avait pris un café vers sept heures, puis roulé dans la ville en suivant des axes bizarres : nord-est / sud-ouest ; sud-ouest / plein ouest…

Pendant ces longues courses, il ne songeait qu'à deux choses.

Un homme était mort par sa faute et il avait trahi la confiance d'un second.

Un type qui lui était particulièrement cher.

Vers neuf heures, il s'était arrêté avenue René-Coty, à proximité du croisement avec la rue d'Alésia, juste en face de l'Aide sociale à l'enfance.

Peut-être s'était-il arrêté là à cause du terre-plein central.

Et puis, aussi, parce qu'il y avait une large place où il se gara sans avoir à manœuvrer.

La neige ne tombait plus.

Il sortit de voiture et fit quelques pas.

C'était sa dernière cigarette, une longue menthol américaine. Il l'alluma avec difficulté, la flamme du briquet chancelant comme si le vent glacé de décembre parvenait à se glisser à travers ses doigts serrés qui formaient auvent.

Il froissa le paquet vide et leva les yeux vers le trottoir d'en face.

Ils marchaient en rang par deux, en se tenant par la main sous l'œil des monitrices – mais, à propos d'orphelins, Kasbarian n'était pas sûr qu'il s'agissait de monitrices…

Il avait presque atteint la 305, s'obligeant à ne pas les regarder. Pourtant, ce fut plus fort que lui.

Il y en avait de tout petits, cinq ou six ans. Des blondinets, des bruns frisés, des rouquins dont les grosses pompes faisaient craquer la neige gelée.

Il y en avait aussi de vieux, les dix-douze ans, ceux qui n'avaient plus aucune chance d'être adoptés – et qui le savaient – parce que les madames ne pouvaient plus décemment jouer à la maman avec eux.

Ils semblaient cependant chanter tous, comme si leur communauté de petites voix était un substitut à cette autre communauté, plus chaude et plus fermée, plus lointaine et plus secrète, qui portait nom de "famille".

Kasbarian concentra son attention sur un gosse de six ou sept ans qui réagissait toujours avec un temps de retard. Un blondinet au visage vif mais aux gestes patauds.

L'enfant trébucha, fit un grand pas en avant, s'arrêta, fut rejoint par le rang suivant et regarda autour de lui d'un air terrorisé.

Puis il vit son copain, un petit Arabe, qui s'était arrêté et qui l'attendait un mètre plus loin.

Le visage du blondinet sembla s'illuminer, comme éclairé par un projecteur d'aviation, et l'enfant courut vers son camarade.

Alors, alors seulement, Kasbarian entendit le refrain que chantaient les orphelins.

Un vieux truc qu'il connaissait et qui avait complètement disparu :

Il y a longtemps que je t'aime, jamais je ne t'oublierai.

Il ouvrit la portière et, regardant droit devant lui, se mit à pleurer comme ça ne lui était plus arrivé depuis dix ou vingt ans.

XV

5 décembre, 15 heures

Il se sentait plus métèque et plus orphelin que jamais.

Il n'avait pas déjeuné, traînait un horrible mal de tête et une forte envie de dégueuler après son énième café et sa énième cigarette.

La neige était sale, souillée, attaquée par le sel que les services de la voirie et les commerçants répandaient à pleines pelletées.

Le ciel lui-même était terne, couleur de vieux Sheffield aux reflets mats, à l'unisson de ses états d'âme.

Il ne se souvenait plus – et ne cherchait pas à se rappeler – où il avait garé sa voiture neuve. Il pensait vaguement aux traites à payer, mais ce serait pour plus tard. L'avenir n'était plus une question pertinente.

Il avait déjà revécu des centaines de fois la petite scène de la veille au soir avec le fatidique : "Je m'occupe de tout, patron."

Il se souvenait très bien d'avoir vu le visage du principal se décolorer progressivement, des rougeurs apparaissant par plaques. Il avait également enregistré la respiration plus courte, plus sifflante. Il avait secrètement admiré le cran du patron qui s'efforçait de parler lentement, de manière détachée, comme un de ces conférenciers bidon qu'envoyaient parfois les services centraux.

Et puis, dernier clignotant, il avait vu le léger bleuissement des lèvres et avait failli tout lâcher, renverser les collègues, sprinter vers le bureau, ouvrir le tiroir central et rapporter l'eau de Cologne.

Sauf, et ça l'avait cloué sur place, qu'il n'était pas censé savoir et que ce geste, plus que de l'irrespect, relevait de la trahison.

Après, il avait été partout, courant dans tous les coins, assistant Dagostini – le patron chargé du quadrillage –, cochant les listes d'effectifs et de matériels, hurlant à la mort pour obtenir des liaisons splendides, une radiotéléphonie de tout premier plan avec postes mobiles, fixes et portables par dizaines.

Il avait même prévu l'impossible : la fuite du témoin.

Une seconde vague devait attendre dans un périmètre plus large, prête aux opérations de voie publique : barrages, visites des débits de boissons, contrôle des personnes, des deux-roues, des voitures et des taxis.

Idem pour les stations de métro de la périphérie.

Les premiers éléments de ce dispositif devaient arriver sur place dès quatre heures.

A tout hasard – et, à cette évocation, son cœur se serrait – il avait fait intensifier le rythme des rondes autour du cimetière : une tous les quarts d'heure pour les deux paires d'heures le séparant de la mise en place du dispositif.

Le secteur était, dès minuit, devenu la cible des BSN*, des BAC**, et des BAC 75 motards***.

Qu'aurait-il pu faire d'autre ? Faire rappliquer des mecs des SRPJ, histoire d'inverser un peu les rôles ?

Il fronça les sourcils.

Pourquoi pensait-il que les tueurs ne pouvaient PAS être surpris par une patrouille ?

Pourquoi en était-il à ce point persuadé que cela relevait de l'évidence ?

Il s'efforça au calme.

La chose était pourtant possible. Les types arrivaient, coinçaient l'immigré contre le mur après être descendus de voiture… Et la patrouilleuse surgissait.

Le rodéo. Sirène hurlante, lueurs bleues du gyrophare balayant les façades lépreuses, bricard à demi sorti par la vitre et visant les pneus.

De la science-fiction, bonhomme.

Peut-être que les types avaient minuté leur affaire, attendant peinards – après avoir repéré leur victime – le passage de la patrouilleuse.

Non.

Les types NE POUVAIENT PAS être pris.

* BSN : brigade de sécurité de nuit.
** BAC : brigade anti-criminalité. Voiture tournant toute la nuit pour détecter des "suspects". L'équipage est constitué de gardiens en civil.
*** BAC 75 motards : les mêmes, mais à motos.

Il voulut s'attaquer au pourquoi de cette certitude, persuadé que tout était là. Oui, tirer un fil et tout suivrait. Seulement… Seulement la fatigue paralysait son cerveau fiévreux et il sourit en murmurant :

— Parce que j'ai la cerise.

15 h 30

Après trente-deux heures sans sommeil, il lui arrivait de marcher la tête vide, enfilant les rues au hasard, parce qu'il avait surpris un visage de femme ou voulu éviter un endroit trop fréquenté.

Il déboucha place Furstenberg, qui éveilla en lui un écho négatif. Trop d'argent. Et dose un peu forcée dans le genre "à l'ancienne", avec les réverbères, les bancs…

Il allait tourner les talons lorsque les flonflons lui arrivèrent.

Il s'approcha.

Le type ressemblait un peu à Stievet. Même âge, même carrure, même silhouette, même visage émacié aux joues creuses, paupières tombantes et pommettes un peu saillantes.

Le gars portait un foulard rouge, un chapeau noir cabossé, informe, et un vieux costume de velours râpé.

De la main droite, il tournait la courte manivelle d'un orgue de Barbarie dont les notes semblaient s'échapper, heurter les façades de grosses meulières et, vaincues, restituer le couplet : “Mais il est bien court, le temps des cerises…”

L’Arménien sourit et, regardant le type bien dans les yeux, lui dit :

— Désolé, cette fois, j’ai plus une larme.

Le type suspendit son geste, regarda la courte silhouette s’éloigner, haussa les épaules et reprit son tour de manivelle un instant interrompu.

18 heures

Il faisait déjà nuit et quelques flocons commençaient à tourbillonner, presque invisibles, sur le fond lumineux du centre Beaubourg.

Le vent froid balayant le terre-plein le tira d’une sorte de torpeur et il s’étonna en voyant qu’il tenait à la main un hot-dog enveloppé d’un papier gris et épais.

Il l’ouvrit, toucha la saucisse et constata qu’elle était glacée.

Regardant autour de lui, un peu désemparé, il se vit soudain entouré de silhouettes bleu marine.

Un bricard ordonna :

— Vos papiers !

Il ne réagit pas tout de suite parce que là, vraiment, c’était drôle. Il y a seulement deux jours, il se serait plié en deux en répondant : “Va te faire foutre !” Aujourd’hui, ça le faisait à peine sourire.

Le bricard interpréta mal et répéta d’une voix plus sèche :

— Papiers !

Kasbarian se crut dans un mauvais rêve. Tout y concourait : ses jambes cotonneuses, l'impossibilité d'expliquer ce qu'il faisait là, à Beaubourg, avec une barbe de deux jours et un hot-dog froid à la main.

Hot-dog qu'il ne se souvenait pas avoir acheté.

Il fouilla d'une main sa poche intérieure, en sortit son portefeuille et exhiba sa carte d'identité protégée par un plastique.

Les yeux du bricard allèrent – va-et-vient vertigineux – des papiers au visage fatigué.

Quelques mots se bousculèrent dans la tête du bricard. Ça se télescopait allégrement parce qu'il était trop pourri – par la vie, le boulot et le reste – pour réfléchir froidement, ne serait-ce qu'une fois. Ce fut un long défilé cafardeux : “faciès”, “patibulaire”, “basané”…

— On t'embarque ! dit le bricard.

— M'étonnerait !

Le bricard hésita, perplexe, mais l'Arménien trancha pour lui :

— Inspecteur principal Kasbarian.

La scène devenait de plus en plus nébuleuse, tant pour Kasbarian, qui n'avait rien à foutre d'un séjour au Dépôt, que pour le bricard, troublé par l'assurance du ton.

Il n'y eut aucune parole, aucune décision.

Simplement, l'Arménien sourit et s'éloigna, le portefeuille dans une main, le hot-dog glacé dans l'autre.

XVI

10 décembre, 7 heures

Il regardait son frère aîné engloutir une énorme tartine coupée dans la longueur d'un pain de deux livres.

Il aurait pu s'attarder aux dents singulièrement petites, comme perdues dans un goitre exceptionnellement important.

Il aurait pu être soulevé de dégoût à voir la confiture d'abricots étalée sur toute la face plate et jusqu'aux cheveux rares et cendrés.

Mais ce n'était nullement son optique.

Pour lui, Faty n'était rien d'autre que son "petit frangin", une petite chose – c'était ainsi – éminemment vulnérable.

Il lui servit un deuxième bol de café au lait – pas trop de café – et lui adressa un clin d'œil :

— Gentil ?

L'énorme face de lune s'inclina à plusieurs reprises, comme pour une grotesque révérence, et répondit de sa petite voix de crécelle :

— Gentil, Faty !

Il avait mis le ton, comme à son habitude, les voyelles finales se terminant en crescendo aigu : "Gent-ïï, Fat-ïï..."

Le cadet utilisa son stéthoscope, prit rapidement le pouls et la tension et, satisfait, rangea ses instruments dans sa trousse.

D'un point de vue purement clinique, le problème était simple : combien de temps tiendrait un cœur – pompe dérisoire – qui avait à supporter un tel corps ? C'était un peu comme un moteur de 4 CV monté sur une carrosserie de Cadillac Fleetwood.

Il faisait de son mieux, et plus encore, mêlant la quintessence du savoir médical à une forme d'amour exacerbé – presque maladif –, alliage qui avait permis à Faty d'atteindre sa trente et unième année dans des conditions optimales, compte tenu des circonstances.

Il pensait lui avoir tout sacrifié. La médecine, c'était pour lui, pour lui seul qu'il l'avait choisie. Il avait pris les femmes en horreur – sans pour autant devenir homosexuel –, en partie parce que, aucune, vis-à-vis de Faty...

Il n'avait jamais voulu pousser trop loin l'introspection, car aussitôt un sentiment de culpabilité apparaissait, gonflant à vue d'œil, de seconde en seconde, à la manière des volcans des mers chaudes. Parfois, dans un moment de grande lucidité, il se demandait : "Pourquoi Faty et pas moi ?", et, invariablement, il en concluait que Faty était meilleur ; qu'il avait aimé leur mère plus fort que lui.

A d'autres moments, beaucoup plus rares, il ne comprenait pas son frère.

Il regardait la grosse chose stupide occupée à dépiauter un ours en peluche et songeait : Quel curieux cheminement t'a mené ici, au point mort, au point des morts ?... Quelles voies étranges et vierges t'ont amené à cette immobilité vulnérable, toi qui fus si fort, si drôle ?... Est-ce d'avoir lu avant le texte l'ombre du texte, l'ombre éternelle des choses et des gens en instance de mort ? As-tu vu l'ombre avant la lumière, le filigrane avant le caractère, la suspension des particules avant la transparence de l'air ?

Il saisit un de ces gants de toilette très doux qu'on utilise pour les bébés et débarbouilla son frère aîné.

Puis il tapota l'énorme face de la paume de ses mains aspergées au préalable d'eau de lavande.

Ensuite, il s'assura que la pièce ne comportait aucun objet dangereux, déposa un court baiser sur le front d'hydrocéphale et murmura :

— Ce soir, tu auras un petit animal !

— Faty veut.

— Promis ! Nous te l'attraperons, papa et moi, et nous l'amènerons ici, dans ta salle de jeu ! Mais en attendant, sage, hein ?

— Sage, Faty !

— Gentil ?

— Gentil, Faty !

Kasbarian se rappelait les choses par bribes.

En gros, quatre ou cinq jours à boire comme un trou chez cette grosse nana levée il ne savait plus comment.

Quatre ou cinq jours d'un cercle particulièrement vicieux – il sourit – où il avait baisé pour oublier qu'il buvait et bu pour oublier ce qu'il avait à baiser.

Jusqu'à tout à l'heure.

Tout à l'heure où il avait sauté du plumard, s'était jeté sur le rasoir, puis sous la douche, et s'était observé dans la glace – ce qui avait failli le rejeter dans les bras de la fille et des bouteilles.

Un visage à la peau mate, des yeux noirs, des cheveux très bruns : drôle de gueule !

Il avait remis sa chemise blanche couverte de taches bizarres, son costume de flanelle plus cafardeux que jamais, comme taillé dans un bandonéon, puis il avait vainement cherché sa seconde chaussure.

Il avait ensuite jeté un œil morne sur le champ de bataille jonché de dizaines de cadavres de bouteilles et d'effets féminins.

Il avait sciemment ignoré le corps endormi, parce qu'il ne voulait pas mépriser ce qu'il avait peut-être aimé, se conformant en cela à son vœu de ne pas céder à la facilité avec les femmes, en se comportant comme les autres, c'est-à-dire comme un fumier.

Un peu triste, il avait abandonné sa seconde chaussure – si tant est qu'elle fût jamais arrivée jusqu'ici – et entreprit le parcours Bastille-Censier, d'abord avec un soulier, puis en chaussettes.

La neige froide sur ses plantes de pieds contribua à son dégrisement et les idées sombres firent un come-back autrement plus rapide que celui de McArthur aux Philippines.

Il atteignit l'immeuble de la rue Lhomond où il habitait et entreprit de gravir pesamment l'escalier.

Il arrivait presque devant chez lui, au deuxième, lorsqu'il vit un homme assis sur la dernière marche, qui le regardait venir.

Un instant, il se crut de nouveau dans un rêve :

— Patron ?

— Ouais ! Pas encore mon fantôme.

Une voix mi-figue, mi-raisin.

— Mais, patron, qu'est-ce que vous faites là ?

— Ça fait cinq soirs, de huit heures à minuit. Dis voir, môme, ton nom, c'est pas "Désiré" ?

L'Arménien dansa d'un pied sur l'autre :

— Vous m'attendiez, patron ? Moi ?

— Mais non, môme ! J'attendais là, dans ton immeuble, à ton étage, devant ta porte, j'attendais… Attends voir : Pierrot le Fou, Jo Attia, Georges Boucheseiche, Abel Danos dit "le Mammouth", et puis Weidmann, "le tueur de dames", et Landru, le docteur Petiot, la bande à Bonnot : rien qu'un tas de chouettes copains cool, "esprit Libé"…

L'Arménien sourit, mais c'est d'une voix incertaine qu'il questionna :

— Vous me charriez, hein, patron ?

— Tu crois ?

Il y eut un long silence que Stievet rompit d'une voix adoucie :

— Assieds-toi à côté de moi, môme.

Il s'assit, mais ni l'un ni l'autre ne prit l'initiative de prononcer une parole.

Au fond, c'était un spectacle étrange que ces deux flics, dont l'un de très haute volée, assis sur une marche d'escalier, les coudes sur les genoux et les yeux dans le vague.

Surtout le second, le jeune, celui qui portait un costume façon bandonéon, marchait en chaussettes dans la neige glacée et avait un hot-dog vieux de cinq jours dans sa poche-revolver.

XVII

10 décembre, 23 h 50

Elle marchait à grandes enjambées.

Dans ce qu'il restait du quartier Italien, on l'appelait "la petite louve".

Aujourd'hui, les maisons tombaient en ruine, aidées nuitamment par les bandes de nervis de la GEFIM qui brisaient portes et fenêtres, arrachaient les tuyauteries et cassaient les W.-C.

Pourtant, du temps de la colonie italienne arrivée par vagues rapprochées à l'époque de Mussolini et de ses Chemises noires, les petites maisons avaient du style.

D'abord, tout un petit peuple de maçons et de peintres leur avaient donné un caractère pimpant qui s'accordait avec les balcons fleuris, les accents chantants, les odeurs de cuisine méditerranéenne et, le dimanche, les accents vengeurs – mais pas tristes – des *Bandiera rossa* gueulés à pleine poitrine par des hommes en bras de chemise.

A part son nom, le quartier n'avait plus rien d'italien et plus rien, non plus, d'un quartier.

Il évoquait Stalingrad, Brest sans Barbara, ou Caen après le départ de la division *Hitlerjugend* : un champ de ruines.

Le seul lien, fragile, et si évidemment provisoire qu'il semblait déjà comme effacé, était la maison des Petracci, tout au bout de la triste rue à la chaussée éventrée.

Elle avait conservé, par plaques, un peu de ce rose unique qui s'obtenait par un savant mélange de blanc, d'huile de lin et de rouge à diluer. C'était un rose pâle très délicat comme on en voit parfois figurer les nuages au couchant dans les toiles des petits maîtres de l'école de Barbizon.

Enfin, la petite maison était valorisée par les ruines qui l'entouraient. En effet, elle semblait faire saillie, un peu comme si elle avait quitté le trottoir et s'était avancée vers le milieu de la chaussée pour en découdre avec les buildings à venir.

Paul (Paolo) et Marie (Maria) Petracci attendaient, à l'ombre des murs frais, un dénouement dont l'issue s'inscrivait dans la logique bétonnée de nos sociétés.

Mais, pour l'heure, ils attendaient surtout Clara.

Ils éprouvaient à son égard une confiance absolue, sûrs que la “petite louve” ne se donnerait jamais qu'à l'homme qu'elle aurait choisi.

Ils l'avaient eue sur le tard, un peu par accident, et le décalage des âges était si grand qu'ils la percevaient presque davantage comme leur petite-fille que comme leur fille.

Ils étaient également plus vulnérables, plus immédiatement soucieux, inquiets, voire paniquards que des parents moins âgés.

En outre, leur peur était nourrie par les menaces réitérées des émissaires officieux de la GEFIM.

Mais même de telles ordures, si près de Noël…

Elle vit venir la R 16 foncée et nota aussitôt l'antenne au milieu du toit, les plaques d'immatriculation jaune et noir et le jeune type qui avait l'air de parler au téléphone.

Tout cela, pour elle qui avait grandi avec les "voyous" et "voyouses" en culottes courtes de son quartier, renvoyait immédiatement à un mot : *flics*.

Elle ne s'étonna pas lorsqu'elle vit s'arrêter le véhicule et les deux types en sortir.

Peut-être – enfin ! – cherchaient-ils à savoir si elle n'avait pas vu rôder les salauds de la GEFIM ?

Le plus vieux, celui qui avait des gants de chevreau, un imperméable mastic – il le faisait exprès ou quoi ? –, un chapeau mou à bord rabattu sur les yeux comme Al Capone et une moustache de rat pelé, lui tendit, sans un mot, une carte barrée de tricolore.

Elle vit d'abord le mot POLICE en gros caractères, puis lut le nom, davantage par hasard que du fait d'une recherche avertie. D'ailleurs, le type ne lui laissa pas le temps d'en voir plus.

Ils avaient beau être des flics – elle aurait joué sa vie là-dessus, à tout le moins pour le plus vieux – il émanait d'eux quelque chose d'étrange, de vaguement angoissant, et, au fond, de malsain.

Le plus jeune s'était placé derrière elle, et elle réalisa qu'il lui était devenu impossible de s'enfuir.

Alors, à tout hasard, elle se grava le nom du flic dans la mémoire, quelques secondes avant le coup de matraque.

Un nom en trois syllabes.

TEI-SSÈ-RE.

C'était une pièce étrange, sans fenêtre, entièrement capitonnée.

Etrange, aussi, si l'on prenait en compte son locataire, deux quintaux de chair nue qui venaient de se lever et qui avançaient vers elle :

— Gentil, Faty !

Elle recula doucement jusqu'au mur, jusqu'à ce que son dos vienne à heurter le tissu.

Elle avait la respiration sifflante, tous les nerfs tendus, mais sa raison n'avait pas chancelé un seul instant.

Oui, c'était un monstre, une facétie de la nature, cette salope !

Oui, il était nu, comme elle l'était elle-même, et il ne fallait pas perdre une seconde à s'en étonner.

Constater le fait et passer à autre chose.

Pas de fenêtre mais une porte, là, derrière le monstre.

— Gentil, Faty !

Il était presque sur elle et Clara Petracci faillit s'abandonner.

Bien sûr, elle était la "petite louve", mais avec de pauvres garçons boutonneux, pas méchants, et même un peu sentimentaux. Facile d'être une louve avec des louvetcaux…

Elle bondit en détendant le genou à hauteur de l'entrejambe, parce qu'on lui avait toujours dit que c'était un endroit particulièrement douloureux.

La montagne de viande oscilla comme si elle allait choir et la face plate semblable à une immense assiette de porcelaine blanche prit une expression horrifiée, comme si c'était la toute première fois qu'un coup lui était porté, qu'une douleur lui était infligée.

La physionomie était devenue si terriblement humaine, reflétant une telle souffrance, une telle horreur – l'air, brusquement, d'un enfant de quatre ans –, que Clara en fut désarmée.

Si désarmée et si surprise qu'elle n'entendit pas les paroles du monstre.

— Méchant petit animal !

Elle sentit à peine les deux énormes jambons de pays qui lui palpaient le cou tandis que la Chose, comme folle, criait sur un ton suraigu, intenable :

— Sâge !!! Gentiï Fatiï !!!

XVIII

11 décembre, 0 h 20

— D'abord, ta carte, ta plaque, et ton pétard.

— Patron… C'est une faute professionnelle. J'aurais pas dû me barrer. Et pour le cimetière…

— Môme, je te demande pas ton avis, d'accord ?

— D'accord, patron !

L'Arménien glissa la carte dans sa poche et posa le Manuhrin à côté de lui, sur la marche.

Il faillit s'appliquer à tourner sa langue sept fois dans sa bouche – et pourquoi pas dans l'oreille ? ça vaudrait un sacré succès d'estime ! pensa-t-il –, renonça à compter et commença sur un ton incertain :

— C'est-à-dire, patron… Franchement, c'est ma faute !

— Ah ! je croyais qu'on te les avait chourées.

— De quoi ?

— Tes pompes, môme !

Kasbarian secoua la tête :

— Patron, je parlais du type du cimetière.

— Alors, si j'ai bien compris, c'est ta faute si tu marches en chaussettes dans la neige ? Une forme new-look de suicide ?

Kasbarian renonça.

— Allez, môme, parle-moi de tes pompes !

— Patron, j'ai eu… J'ai eu des moments pas faciles faciles. J'ai compris des choses… Pour les pompes, la première, elle a vraiment disparu. La seconde, c'est moi qui l'ai balancée.

— Sur la voie publique ? demanda Stievet en souriant.

Ils se turent un long moment, puis le principal dit d'une voix où perçait une certaine angoisse :

— Môme, raconte-moi quelque chose.

Kasbarian lui jeta un rapide coup d'œil puis commença, au flan :

— Je me rappelle une autre histoire de pompes. Faut vous dire, patron, que quand j'étais môme – il s'arrêta et sourit –, je veux dire vraiment gosse, ma mère me traitait toujours de brise-fer, ce qui, entre nous, me semblait plutôt flatteur. Enfin, à l'époque dont je vous parle, j'étais un jeune flic. J'avais été m'acheter des superpompes, des godasses de rêve : une montagne de cuir sur un continent de crêpe. Ça devait être en mai soixante-dix et j'attendais sereinement l'horizon quatre-vingt… Las, février soixante et onze apporta les premiers craquements. Quelque chose comme une scission profonde entre le cuir et le crêpe, et ça, patron, à l'arrière de chaque godasse. Un truc genre allemand, *Blitzkrieg* : ça gagnait vachement vite du terrain. En septembre, la semelle était à demi décollée à partir du talon.

Détail horrible : chaque pas, dans ce contexte merdique, produisait un claquement sinistre qui me valut une certaine notoriété dans ce temple du silence qu'est le bureau 114 de l'hôtel de police du 13e arrondissement… En décembre, les trois quarts des semelles s'étaient détachés et seul un fort point d'ancrage à l'avant évitait la rupture totale. Vous en avez marre, patron ?

— Non, môme, continue !

— Bon. Alors faut vous dire que dans la rue, j'avais l'impression d'être talonné par une dizaine de canards – ça fait le même bruit… Au fond, c'était pas mal trouvé, et dès lors, je vécus avec cette idée somme toute réconfortante : "T'inquiète pas, mec ! Les amours perdues, la vie qui passe, les loubs aux grandes lames, le Cidunati, les trotskistes, les fachos : c'est de la broutille. T'es suivi en permanence par une dizaine de canards, nos agents très spéciaux ! T'es plus seul !" Je m'installai dans cette nouvelle existence avec délice. C'était agréable de rentrer de la boîte avec tout mon petit monde derrière moi, caquetant conneries sur conneries. Vous êtes bien sûr, patron, que ça vous intéresse ?

— Continue.

Kasbarian vit les mains du principal serrées sur le rebord de la marche. Il devinait les doigts crispés, noués… Il comprit ce qui se passait et, évitant de regarder Stievet, reprit d'un ton léger qui sonnait horriblement faux :

— Honnêtement, patron, il y avait pas que des avantages. Je me rappelle une fois, au métro

Tolbiac : insoutenable de lire ma déconfiture dans les yeux d'une riche et jolie jeune fille. Faut dire : malgré mes fringues dégueulasses et ma dégaine de rastaquouère, de "Levantin" comme dirait Teissère, j'avais suscité, fait inédit, l'intérêt d'une jeune fille qui passait d'un coup de rein – ach, la vache !– la barrière des classes et me le faisait comprendre, là, à dix mètres… Je m'approchai, candide, primesautier, divin petit abbé de cour et "floc", les canards tragiques qui cassaient ma déjà fragile baraque ! Pris ! Je tentai l'ultime manœuvre calamiteuse et, hypocrite, jetai un regard courroucé derrière moi : inutile ! Au fond, constat objectif, on ne fait pas l'amour avec un mec qui fait "floc floc" en marchant. A la cantine, j'avais raconté mon aventure à Toriot, le délégué syndical. Vous vous souvenez, patron, le gonze qu'avait le portrait de Staline dans son tiroir à casse-dalle, sous la bouteille de Kiravi ?

— Ouais, très bien. Il est inspecteur divisionnaire à Ivry, maintenant.

Kasbarian jeta un coup d'œil à Stievet. Ç'avait l'air d'aller mieux. Il reprit :

— Alors Toriot, il me regarde. Un grand regard franc, tout blanc, genre aveugle, vachement honnête, et il me dit : "Mon camarade, c'est tout simple. Ton cas, c'est comme qui dirait une histoire de système social façon classe contre classe. Mais t'inquiète pas : quand y aura l'communisme, on aura tous des baskets." Là, patron, je m'étais rebellé. Pas à cause du communisme, mais plutôt à propos des baskets. Vous comprenez, les jolies petites mômes… J'ai planté ma fourchette dans le boudin créole et j'ai dit à Toriot : "T'as rien pigé, mon pote ! Les petites gonzesses en baskets ? Et comment tu retirerais leur collant en voile noir ? Et leur minicombinaison de satin noir qui s'harmonise si bien avec leur rouge à lèvres ? Et leur petites culottes en tulle : woom ! Et leurs escarpins qui te donnent envie de bouffer tout cru ces petites chevilles et ces petits culs tout ronds, dim ! dam ! dom ! Et les bas noirs ? Les jarretelles ? Et puis «Avec des seins comme ça», la pub de la télé ? Tu voudrais chambouler mon image de la femme, objet de mes fantasmes ?" Toriot, il craqua. Il s'était levé et se frottait contre le mur de la cantine, devant tous les collègues, comme un clébard dégueulasse. Je croyais avoir gagné et je lui dis, triomphant : "Alors ?" Et le fumier répondit : "Des baskets ! Pasque le satin, c'est antipopulaire!" Quelle tante !

Stievet avait souri à plusieurs reprises. Il questionna :

— C'est vrai, cette histoire ?

— Pas un mot, patron !

Le principal regarda sa montre et dit :

— T'as cinq minutes pour passer un costume, foutre une cravate et mettre des pompes. Le *Fouquet's*, tu connais ?

XIX

15 décembre, 17 h 15

Stievet songeait à la petite Italienne repêchée dans la Seine, la nuque brisée.

Il fronça les sourcils en revoyant le désespoir des parents et le manque d'égards présidant aux séances d'identification.

Il tira sur sa pipe, avala un jus absolument dégueulasse et constata qu'elle était éteinte. Résigné, il sortit une grosse boîte d'allumettes Gitanes et entreprit de ranimer la flamme. Le fourneau rougeoya et quelques flammèches roussirent les poils du nez du principal.

Au bord du désespoir, il se demanda comment il avait pu se laisser imposer ce machin satanique par un Kasbarian souriant.

C'était au lendemain de la petite virée au *Fouquet's*. L'Arménien était arrivé au bureau avec des airs mystérieux, le genre Carbonari ou Mano Negra, et, sous le bras, un petit paquet bien enveloppé.

Il avait regardé son supérieur à la dérobée pendant une bonne heure, puis s'était levé et avait tendu le paquet en disant :

— J'ai aucune patience, patron. V'là votre cadeau de Noël.

Le principal avait souri, écarté rubans et papiers et découvert la pipe de bruyère au ventre renflé.

"Beurk !" songea-t-il en disant :

— Une pipe, mon vieux rêve !!!

Et depuis, il avalait un flot continu de saloperies, un mélange de jus de chaussettes et de vieux clop froid macéré dans de la bave de crapaud.

Et tout ça, bien sûr, avec le sourire, en singeant la douce allégresse, l'extase, le calme rural…

Teissère avait traversé la boîte de part en part, du parking aux combles, saisissant des bribes de conversation, des interjections, des adjectifs qui avaient tous rapport à l'affaire.

Ce qu'il entendait le faisait sourire et le flattait.

Sourire intérieur, s'entend, car, chez Teissère, tout était toujours dissimulé, la joie comme la haine.

Il n'y avait que deux exceptions, gênantes, il est vrai : les bougnoules et Kasbarian. Mais, pensa-t-il avec un fin sourire, ces deux choses n'en formaient-elles pas une seule, au bout du compte ?

Il ne cherchait pas à approfondir les raisons de cette haine. Il se rappelait vaguement que Kasbarian avait l'âge de son fils aîné et que, d'emblée, il avait tiqué en faisant cette constatation.

Quant aux bougnoules, Teissère était partisan de l'élargissement du concept, et, pour lui, le terme tendait à englober "les fellouzes", "les nègres", "les juifs" et, bien sûr, les Arméniens.

Le support de tout cela était un amalgame du Céline des mauvais jours, du Doriot des grands, et des idées de Mme Fion, concierge éprise de génétique bidon et intarissable sur l'inégalité – fait "objectif", n'est-ce pas ? – des races humaines.

Bref, il s'agissait, pour Teissère, de rassembler les fragments du discours haineux et de les fourrer dans un grand sac – brun – où il puisait de temps à autre.

Si l'on allait au bout des choses, vers les mouvances, vers l'inextricable mêlée de la logique et de l'affectivité, le reproche fondamental et informulé que Teissère adressait à ces hommes était simple : comment eux, des bougnoules, des sous-hommes, des sous-merdes, des vomissures de l'Orient ou des bords de la Vistule, pouvaient-ils être "normaux" alors que son fils chéri, celui autour duquel s'organisait l'univers…

Teissère avait pris une telle avance qu'aucun argument, jamais, ne pourrait le rattraper.

Une poussée d'adrénaline colora son visage terne au moment où il pénétrait dans le bureau du principal.

Et ce qu'il vit l'exaspéra davantage encore : le patron et l'Arménoche – sale petit fayot pourri ! – conféraient comme de vieux camarades de régiment évoquant leurs souvenirs de la campagne du Tonkin.

Stievet avait les yeux dans le vague et parlait d'une voix grave :

— C'est marrant que tu me dises ça, môme, parce que figure-toi que j'y pensais aussi. Le monstre est barjo et il se manifeste, donc il existe. Mais, sans ça, qu'aurions-nous su de lui ? Et combien sont-ils, cachés aux yeux des autres, invisibles derrière les façades respectables et sages des maisons bourgeoises ? Des milliers de monstres ? Et peut-être même, pourquoi pas ? des mecs adorables, cloîtrés parce qu'ils ont la gueule cassée, cent kilos de trop ou de moins, un membre disparu...

Il se tut un instant et reprit :

— L'épouvante, elle est là, planquée derrière les façades. Je pourrai plus jamais me promener comme avant, sans penser à lever les yeux vers ces rideaux qui bougent...

Il y eut un long silence que Kasbarian, un peu mal à l'aise, rompit :

— N'empêche, le nôtre, quel enfoiré ! La petite Clara, elle l'avait pas choisi, ce gros empaffé ! Quand j'ai interrogé son amoureux, que j'ai sorti les petits mots d'amour entourés d'un ruban rouge, le pauvre petit mec...

— Un petit con ! coupa Teissère malgré lui.

La haine a parfois du bon, et Kasbarian se méprit complètement :

— Suffit que je le trouve sympa pour que tu le traites de con, hein, c'est ça ?

Teissère s'engouffra dans la brèche, rattrapant sa gaffe en accentuant son personnage :

— Attention, on signale des détachements de l'armée turque en Seine-et-Oise !

A la grande surprise de Teissère, l'Arménien n'éclata pas. Il hocha la tête d'un air grave et, tranquillement assis dans son fauteuil pivotant, regarda Teissère droit dans les yeux :

— Ben merde, alors ! Juste comme l'armée des cons arrive elle aussi dans la capitale ! Même, même qu'elle vient de nous envoyer son chef d'état-major, ici, dans ce bureau, en ce moment même !

— Petite tantouze ! répondit froidement Teissère.

— Tu veux essayer ?

— Pas la peine. Vous vous enfilez suffisamment entre vous.

Kasbarian s'étonna du silence de Stievet qui fixait Teissère sans un mot, un peu comme s'il le découvrait pour la première fois.

Mais Teissère, étouffant d'une rage froide trop longtemps contenue, ne s'en était pas aperçu :

— Pauv' petit crétin prétentiard ! Et qu'est-ce que t'as réussi dans ta vie de minable ? Rien que la façon dont le gros tueur t'a baisé, tu devrais plus oser te montrer !

Kasbarian, cette fois, abandonna son ton nonchalant :

— Ecoute, Atatürk, ça risquait pas de t'arriver, vu qu'à chaque fois que le monstre était en balade, toi, tu roupillais tranquillement chez toi !

Un grand silence tomba sur le bureau.

Teissère s'était vite repris :

— La chance ! C'est essentiel dans le boulot. Tu devrais méditer là-dessus, porte-poisse !

Quand il correspond à quelque chose que vous pensez vous-même, un reproche peut vous toucher de manière exponentielle.

Kasbarian se tut et laissa Teissère prendre congé sous le regard glacial de Stievet.

Dès qu'ils furent seuls, le principal sortit sa pipe, avala un jus débectant, mit en doute la vraisemblance de la pipe-facteur-stabilisant-favorisant-la-réflexion et s'adressa à Kasbarian :

— Môme, je sais dans quelle direction chercher. C'est plus que grave. Alors, écoute bien : je vais te demander des trucs bizarres. Je vais te scandaliser. Je serai amené à parler devant toi à l'IGS et au directeur. Mon projecteur va éclairer un endroit bizarre… Faudra pourtant que tu me secondes comme tu l'as jamais fait, avec une discrétion, une prudence de serpent. Tu te forceras à mettre trois ou quatre fois plus de temps que d'habitude pour obtenir ces renseignements. Et surtout, avant qu'on fasse le point, tu ne poseras aucune question.

— Entendu, patron. Aucune question du genre : "Y a un loup dans la bergerie ?" ou, plus stupide encore : "Teissère, à moitié dingue depuis des années, a basculé et l'est devenu complètement ?"

Stievet eut un vague sourire, à la fois heureux et nostalgique :

— Je ferai quelque chose de toi, mon p'tit bonhomme. Ça m'aurait plu un fils comme toi !

XX

22 décembre, 21 heures

Le fait de se rencontrer hors la boîte, dans un petit restaurant arménien, conférait à leur réunion des allures de "retrouvailles entre vieux potes", ce qui, au fond, n'était pas pour leur déplaire.

Stievet repoussa son assiette :

— Ça fait peu !

— Y a quand même au moins un point fort, patron.

— Et alors ? Même si tu établissais qu'il a chouré la voiture de service, tu resterais le cul dans l'eau ! Personne ne l'a vue, cette bagnole ! Peut-être la petite Ritale, mais elle n'est plus là pour le dire. Allez, reprends et condense au maxi.

Kasbarian s'exécuta :

— Primo, y a une chose de sûr : il n'était pas de service pendant les six affaires. Mais ça, c'est inutilisable, car il n'a pris aucune excuse glanduleuse, aucun faux-fuyant. Ça s'est trouvé que les cinq filles et l'immigré ont été tués alors qu'au tableau de service Teissère était de repos.

Il leva un doigt pour ajouter :

— Nous, on peut dire : “Justement !” ou “Tiens tiens !”, mais ça pèse rien devant un juge d’instruction.

— Continue ! dit Stievet qui verdit en avalant sa salive chargée du goût infâme du tuyau de pipe.

— Le deuxième truc, là, le juge, il en péterait de joie de nous traiter d’“inconséquents”, même si ça se défend, nos arguments. Parce que c’est vrai que Teissère a jamais dit “le monstre”. Il parle d’un “gros” tueur, des trucs comme ça, des euphémismes. C’est comme si ça lui écorchait la gueule de dire “le monstre”, comme si…

— Continue !

Kasbarian hésita, conscient de la fragilité de ses arguments.

— Tertio, la bagnole de service. Les types du parc auto se rappellent bien avoir vu Teissère traîner dans le coin, mais rien de plus. Je pouvais pas m’avancer davantage sans faire gamberger les gars. Personne n’a vu la voiture sortir, personne ne l’a vue revenir après sa disparition. Ça m’a coûté deux jours pour rien parce que, là encore, j’imagine le petit juge hilare en train de nous jeter un regard de pitié en disant : “C’est tout ?”

— Quatrièmement ?

— Quatrièmement, y a la chance. La chance, on peut l’aider. Par exemple, un flic participant activement à l’enquête. Un flic connaissant chaque élément du dossier. Un flic élaborant les quadrillages, réglant les rôles, les horaires. Un flic qui saurait tout du dispositif serait imprenable. Et nous, on peut continuer à se planter pendant des années.

— Y a un cinquième point ?

— Oui. Cinquièmement, ses fils. Le docteur, vachement brillant. J'ai bien été à son hosto, mais c'était pas possible. A la première question, ça lui serait revenu aux oreilles. Reste…

— Reste ?

— Le mongolien. Ou le soi-disant mongolien. Vous l'avez vu, vous, patron ?

— Jamais.

— Ça, c'est la réponse que j'ai eue partout. Personne ne l'a vu, jamais. Y a que Teissère pour dire que c'est un mongolien et pas un… C'est pas une preuve, mais…

— Oui, dit Stievet, c'est pas une preuve.

Kasbarian sembla un instant débordé. Il fit son geste habituel – chassant une mouche imaginaire devant son visage – et reprit :

— Sixièmement, Teissère lui-même. Il part en couille, petit à petit. Il n'a plus du tout le sens de la mesure, des réalités. Rien que ses agressions contre moi, et c'est, depuis quelque temps, dix fois plus violent qu'avant. Tout se passe un peu comme si, en plus de paranoïaque, il devenait fortement mégalo.

— Explique.

— Moi, patron, je connais rien à la psychiatrie, alors je vais vous expliquer ça autrement. Je me suis mis à sa place : y a vraiment de quoi avoir la grosse tête ! A lui tout seul, il tient en respect la crimino, la préfecture et toute la flicaille de France. Six morts, et il en espère combien ? Dix ? Cinquante ? Il veut que son nom sonne plus fort que celui de Landru et Petiot réunis ? Ou bien il attend le procès pour en faire une tribune publique ?

— T'emballe pas, môme. Je vois ce que tu veux dire. Il y avait un septièmement ?

— Oui, et encore deux ou trois autres points : Teissère qui suggère qu'ils sont trois, Teissère qui découvre les 7,65 dans le platane et le reste : idéal pour éloigner tout soupçon, non ? Et l'estafette qui disparaît au bon moment... Mais comment prouver ça ?

— Et, bien sûr, t'as un plan ?

Kasbarian sourit largement, comme si c'était le meilleur moment de la soirée :

— Après-demain c'est Noël, non ?

— La petite tantouze arménienne ?

— Oui. Et ça ne suffirait pas. Stievet aussi. On pourrait piéger leur bagnole.

Les deux hommes, assis sur un long banc de ferme, se turent et regardèrent Faty qui, à genoux, s'amusait à tordre le cou d'un lapin mort depuis longtemps.

Teissère, qui se contenait depuis un moment, éclata :

— Pourquoi lui donnes-tu des saloperies pareilles, espèce de malade !

Son fils cadet se leva, livide, et lui dit en tremblant de colère :

— Un jour, tu vas mourir. Et moi, ça peut m'arriver aussi. Alors il sera seul dans ce monde pourri, dur, violent, et c'est un bébé. Moi, je veux qu'il vive, qu'il cogne, qu'il rende les coups au centuple.

Le père se tut et hocha la tête comme pour dire : "Oui, je sais, tu as raison."

Il le pensait, d'ailleurs. Protéger, couver et chérir ce que les autres fumiers appellent un "anormal", c'est faisable. Mais quand on vieillit, il arrive un moment pénible, une nuit blanche par exemple, où l'on songe : et après, quand je ne serai plus là ? A ça non plus les bonnes gens ne pensent jamais. Au fond, se dit Teissère, même un père ayant des enfants "normaux" doit se poser cette putain de question, sauf que pour moi…

Faty se leva – longue, très longue et très pénible opération –, se planta devant son père et lui offrit le lapin mort en hochant la tête d'un air sentencieux, comme s'il offrait l'Eldorado et le royaume d'Espagne :

— Faty donne.

— Merci !

Le père sourit, posa le lapin mort sur ses genoux, et machinalement, caressa le pelage.

Il avait les yeux dans le vide et pensait à Faty lorsqu'il s'appelait François, qu'il était un gentil petit garçon…

Son frère avait sans doute raison. Et puis, heureusement, avec la première fille, ç'avait été facile, presque un plaisir.

Il se revit filant un mec et pénétrant dans une galerie foireuse, *Le Hangar* ou un truc comme ça. Et la fille qui tenait la galerie, une conne épouvantable, prétentieuse, parlant avec l'assurance que donne la connerie de choses auxquelles elle n'entendait rien.

Une quelconque "Johanna" ou Diane qu'il avait suivie jusqu'au Kremlin-Bicêtre.

Mais ça ne servait à rien de cavaler après le passé.

L'avenir suffisait.

Buter un grand patron de la crimino et son premier adjoint, c'est un projet qui ne souffre pas qu'on se disperse.

XXI

24 décembre (réveillon de Noël), 20 heures

Les quatre portières claquèrent presque ensemble. Nori était au volant et il eut un “oui” énervé lorsque Deloux, assis à ses côtés, lui fit remarquer qu’avec toute cette neige il ferait bien de rouler au pas.

Sur la banquette arrière, Stievet et Kasbarian se taisaient, apparemment attentifs aux devantures de magasins illuminées de guirlandes électriques, de branches de houx et de sapin.

Les flocons tombaient serrés et s’accumulaient aux angles de la carrosserie, aux rebords caoutchoutés des vitres.

On n’entendait plus que le bruit des essuie-glaces dont les petits balais nerveux venaient difficilement à bout de la neige.

Pour rompre la monotonie, le spleen – travailler un soir de réveillon emmerdait tout le monde – et une angoisse montante, Kasbarian entreprit ce qu’il appelait lui-même un “solo de connerie”.

— Il y a un an, oui, le jour de Noël, j’étais en train de perquisitionner…

Il attendit patiemment que quelqu'un lui demande des détails, mais, ne voyant rien venir, reprit :

— Alors le mec me regarde d'un air foireux et me dit : "Charbonnier n'est plus maître chez lui !" Moi, je me démontais pas, malgré l'absurdité du propos, puisque ce type, un hareng, n'était pas du tout charbonnier. Alors je réponds : "Exact. Charbonnier n'est plus maître chez lui. C'est Plâtrier qui règne sur la soute en délire. Il a d'ailleurs reçu l'appui de Farineux et de Boulanger !" Vous voyez la finesse de l'opposition noir / blanc ?

Stievet n'écoutait plus. Au sens figuré, il se mordait les doigts. Tout ça c'était léger léger léger !

Il avait, dans son portefeuille, la photocopie d'une lettre anonyme – tapée par Kasbarian sur une machine détruite par le principal lui-même – dénonçant Teissère.

Assez de détails pour susciter une suite, mais de là à y aller…

Les propos de Kasbarian lui arrivèrent de nouveau :

— Alors je regarde le gars et je lui dis : "Charbonnier, pauv' vieux, c'est duraille ces mecs en blanc qui squattent sa soute ! A mon avis, en représailles, il devrait occuper le fournil de Boulanger à l'abri des sacs dérobés à Plâtrier et Farineux…" Là, le mec, il chancelle. Moi…

Stievet songea à son autre carte : la visite impromptue du supérieur, un soir de Noël, soir de concorde, pour tenter de réconcilier ses deux adjoints dans l'intérêt du service.

Ça, c'était beaucoup plus vraisemblable, puisque semi-privé.

Il reporta son attention sur Kasbarian qui parlait, parlait…

Pour masquer quoi, môme ?

— Alors le type il éclate : “Mais qui c'est ce Plâtrier de merde à la fin ?” Moi, je lui fais : “Tss-tss ! T'es mandaté par l'absurde pour m'anéantir, soit, mais je te battrai sur ton propre terrain chiasseux : qui a parlé le premier d'un Charbonnier, c'est bien toi, non ? Alors tu diras à Satan ton maître qu'il n'est plus charbonnier chez lui ! Mieux : t'iras mettre une couronne sur la tombe du plâtrier inconnu !” Alors là, sans blague, le type il se prend la tête à deux mains et il hurle à la mort, vachement impressionnant, comme un clébard pourri qu'aurait des embarras gastriques…

Teissère était heureux.

Ses fils étaient là, l'entourant, le cadet s'activant et Faty s'émerveillant de cette pièce où il n'avait accès qu'une fois l'an.

Teissère, en bras de chemise, avait passé un vieux tablier bleu marine délavé sur son pantalon de costume.

Il se savait moins fort, plus déplumé que l'année précédente, mais tellement plus fier.

Lui aussi, pour prendre le mot à la mode – il avait regardé dans le *Larousse* –, avait fait un holocauste.

Un holocauste de connasses ou de filles sans importance – des mammifères – en l'honneur de son petit garçon, valeur suprême.

Il courut à la cuisine, ouvrit la porte du four, jeta un coup d'œil à la dinde, versa sur la peau dorée quelques cuillerées de graisse recueillie dans le plat posé sous la volaille, puis se concentra sur les bouteilles : Sylvaner, Morgon et Mumm.

Il sortit la bûche de son paquet, la posa sur un grand plat bleu et blanc – du vieux Rouen – et recula. Satisfait, il gambada vers le salon, respirant au passage les effluves du sapin que son cadet décorait, et s'approcha de Faty.

Il était si heureux de le voir dans ce cadre, hors du bunker.

Bien sûr, il fallait être vigilant, parce que Faty pouvait se blesser – que de choses dangereuses ! – mais juste pour un soir…

Oui, au fond, c'était comme avant.

Il suivit le regard de Faty qui s'absorbait dans la contemplation d'un casque de pompier US – avec, sur la nuque, une chute bizarre qui descendait presque jusqu'aux épaules – et d'une énorme hache où était inscrit, au pochoir, "New York City".

Il posa sa main sur l'épaule de Faty et expliqua :

— C'est le cadeau d'un collègue américain que j'ai tiré d'un mauvais pas.

Faty hocha la tête d'un air à la fois grave et enfantin, et Teissère, attendri, songea : "Je t'aiderai, mon petit garçon. Parce que tu sais, tout est tellement crado. Des tueurs, des voyous, des pédés, des vicieux, du sperme, des putes, des macs, de la schnouf, du sang, du fric, des cons… Des coups de feu, de surin, d'acide, de rasoir, de pic à glace… Si tu savais ce que c'est qu'une vie de flic !"

Son cadet passait près d'eux. Teissère le happa ct lc prit lui aussi par les épaules.

Il était un peu gêné, mais ce geste, il le retenait depuis des années.

Il les serra très fort, ses deux fils. Ils étaient tous trois épaule contre épaule. Heureux.

Et c'était Noël. Un Noël blanc, même !

Des minutes comme celles-ci, ça valait bien cinquante-cinq ans de merde, non ?

XXII

24 décembre (réveillon de Noël), 20 h 45

La R 16 grimpa à cheval sur la bordure de l'étroit trottoir et, l'espace de quelques secondes, les roues patinèrent.

Stievet répéta ses ordres à Deloux :

— Tu bouges pas. Reste la pogne sur le radiotéléphone. Si t'entends tirer, t'appelles directement Nollet.

Puis, croisant le regard paniqué de Deloux, il ajouta :

— Mais il n'y a aucune raison pour que ça tire.

La chute de neige tournait à la tempête, une des plus violentes auxquelles Stievet eût assisté.

Un vent brutal projetait les flocons dans les yeux, la bouche, les narines.

Ils se distinguaient mal et, un instant, Stievet faillit renoncer.

Mais le projet était trop avancé. Nollet, le divisionnaire, savait qu'il avait un problème "très délicat" en cours de règlement.

Non, vraiment, plus possible de reculer.

Il leva les yeux vers le pavillon.

C'était une maison d'un étage à la sage façade.

Un petit jardin l'éloignait de la rue – une dizaine de mètres – et quelques arbres devaient, l'été, procurer une ombre fraîche.

La seule anomalie résidait dans les grilles qui entouraient la propriété. Des grilles singulièrement hautes – plus de deux mètres – qui se terminaient par des pointes acérées. En levant suffisamment les yeux pour limiter le champ, on pouvait avoir l'impression d'assister, deux siècles plus tôt, au passage d'une troupe de révolutionnaires armés de piques.

Kasbarian sonna une troisième fois puis, se tournant vers Stievet, eut un geste négatif.

Stievet hésita une fois encore.

Il sentait venir une crise et décida de foncer.

La porte n'était pas fermée. Il l'ouvrit puis, suspendant son geste, se tourna vers Kasbarian :

— Môme, c'est le dernier des métiers.

Kasbarian suivait à deux ou trois mètres.

Il aurait aimé marcher à côté du patron, mais il savait que le fait d'être groupés, en paquet, et de former une si jolie cible était, en soi, une incitation au meurtre.

Il s'obligea à ne pas suivre des yeux les empreintes que laissait, dans la neige fraîche, l'homme qui le précédait.

Les flocons serrés incitaient eux aussi à baisser la tête, et c'est presque par défi qu'il leva les yeux vers la façade, le premier étage, là où une fenêtre s'était doucement ouverte, là où un rideau bougeait.

Sa main avait plongé, il avait dégainé et visé d'un même mouvement lorsque la détonation retentit.

Il vida son barillet.

Ça ressemblait à un film passant au ralenti : Nori fonçant vers la porte du pavillon, le patron s'écroulant comme une masse, le visage contre la neige, et puis le type qui n'en finissait pas de dégringoler du premier étage, comme s'il voulait jouer au flocon de neige.

Il y eut, plus loin vers l'intérieur, d'autres détonations, mais ça n'intéressait pas Kasbarian.

Il avait posé son arme sur la neige et, à genoux, contemplait le corps qu'il avait retourné.

La balle avait traversé le front et Stievet n'avait pas dû souffrir.

Un duvet neigeux fondait délicatement sur le visage du principal, mais d'autres flocons, plus froids, commençaient à unifier le masque.

“Comme il a l'air vieux !” songea Kasbarian, mais toutes les choses, y compris ses paroles, étaient plus tendres parce qu'à présent on ne pouvait plus se méprendre. Il n'avait plus rien à attendre de Stievet et ce qu'il lui donnait – une fêlure définitive, un renoncement – était la pureté.

Plus rien n'avait d'importance.

Il se leva, l'esprit presque clair, étonné luimême de tenir si bien le coup.

Il jeta un coup d'œil à l'homme-flocon de neige et reconnut, sans étonnement, la petite moustache de rat pelé.

A part le tablier bleu de cuisinier et la main crispée sur l'arme, c'était le Teissère de tous les jours.

Dans le vestibule, il ne s'arrêta pas devant Nori : avec ses yeux vitreux et ses gargouillements – il avait reçu une balle dans la gorge – celui-ci n'en avait plus que pour quelques instants.

Il vit, sans s'y attarder, l'homme jeune qui ressemblait à Teissère et qui, lui aussi, était mort.

Il traversa le salon, enregistra certains détails : la table dressée, le sapin et les ampoules électriques multicolores qui s'allumaient et s'éteignaient toutes les secondes, la panoplie de pompier au-dessus de la cheminée, les bûches à peine attaquées par le feu…

Il atteignit bientôt une porte d'acier semblable à celles qui défendent l'entrée de certains bunkers.

Elle n'était pas verrouillée et il la poussa en souriant.

Il eut l'impression qu'un immense soleil noir lui bouchait l'horizon et que deux énormes jambons de pays s'étaient resserrés sur sa gorge.

Mais, très curieusement, il ne fit pas un geste pour se défendre.

Août 1979

BABEL

Extrait du catalogue

220. SIR JOHN HUNT
Victoire sur l'Everest

221. MICHEL TREMBLAY
Un ange cornu avec des ailes de tôle

222. MURIEL CERF
Une passion

223. PHILIPPE DE LA GENARDIÈRE
Legs

224. YING CHEN
La Mémoire de l'eau

225. DOMINIQUE ROLIN
L'Infini chez soi

226. ISABELLE EBERHARDT ET VICTOR BARRUCAND
Dans l'ombre chaude de l'islam

227. MADISON SMARTT BELL
Save me, Joe Louis

228. POLIDORI
Le Vampire

229. BETTINA LAVILLE ET JACQUES LEENHARDT
Villette-Amazone

230. TAYEB SALIH
Saison de la migration vers le Nord

231. FÉDOR DOSTOÏEVSKI
Crime et Châtiment, vol. 1

232. FÉDOR DOSTOÏEVSKI
Crime et Châtiment, vol. 2

233. WILLIAM SHAKESPEARE
Hamlet – Macbeth

234. CLAUDE PUJADE-RENAUD
La Danse océane

235. CLAUDE PUJADE-RENAUD
Martha ou le Mensonge du mouvement

236. JEAN-MARC DUROU
L'Exploration du Sahara

237. FRÉDÉRIC H. FAJARDIE
Des lendemains enchanteurs

238. JAN VALTIN
Sans patrie ni frontières

239. BERNAL DÍAZ DEL CASTILLO
La Conquête du Mexique

240. EMMANUEL KANT
La Fin de toutes choses

241. HELLA S. HAASSE
Un goût d'amandes amères

242. THÉOPHILE GAUTIER
Les Mortes amoureuses

243. *
Contes d'Asie Mineure
recueillis par Calliopi Moussaiou-Bouyoukou

244. JEAN-LUC OUTERS
L'Ordre du jour

245. INTERNATIONALE DE L'IMAGINAIRE N° 7
Cultures, nourriture

246. CLAUDE PUJADE-RENAUD
Belle Mère

247. ISAAC BABEL
Cavalerie rouge / Journal de 1920

248. VICTOR HUGO
Lucrèce Borgia

249. MARQUIS DE SADE
Lettres à sa femme

250. JACQUES BERQUE
Les Arabes / Andalousies

252. EILHART VON OBERG
Tristan et Iseut

253. ROLAND DORGELÈS
Route des tropiques

254. MICHEL TREMBLAY
Douze Coups de théâtre

255. PAUL AUSTER
Smoke / Brooklyn Boogie

256. MOHAMMED DIB
Le Talisman

257. ASSIA DJEBAR
Les Alouettes naïves

258. VINCENT BOREL
Un ruban noir

259. RENÉ DESCARTES
La Recherche de la vérité

260. GEORGES-OLIVIER CHÂTEAUREYNAUD
Les Messagers

261. HENRY JAMES
Le Motif dans le tapis

262. JACQUES GAILLARD
Rome, le temps, les choses

263. ROBERT LOUIS STEVENSON
L'Etrange Affaire du Dr Jekyll et de Mr Hyde

264. MAURICE MAETERLINCK
La Mort de Tintagiles

265. FRANÇOISE DE GRUSON
La Clôture

266. JEAN-FRANÇOIS VILAR
C'est toujours les autres qui meurent

267. DAGORY
Maison qui pleure

268. BRAM STOKER
Dracula

269. DANIEL GUÉRIN
Front populaire, révolution manquée

270. MURIEL CERF
Le Diable vert

272. JEAN-PIERRE VERHEGGEN
Le degré Zorro de l'écriture

273. JOHN STEINBECK
Charlie et moi

274. NINA BERBEROVA
La Souveraine

275. JOSEPH PÉRIGOT
Le Dernier des grands romantiques

COÉDITION ACTES SUD – LEMÉAC

Ouvrage réalisé
par l'Atelier graphique Actes Sud.
Achevé d'imprimer
en mai 2008
par Normandie Roto Impression s.a.s
61250 Lonrai
sur papier fabriqué à partir de bois provenant
de forêts gérées durablement (www.fsc.org)
pour le compte des éditions
ACTES SUD
Le Méjan
Place Nina-Berberova
13200 Arles.

Dépôt légal
1re édition : juin 1997
2e édition : juin 2008
N° d'impression : 08-1677
(Imprimé en France)